오래전부터 이렇게 말하고 싶었어

오래전부터 이렇게 말하고 싶었어

시인이 보고 기록한 일상의 단편들

글과 사진 최갑수

상상출판

2

어쩌면 사랑은 가장 아름다운 오해

3

─────────

사랑에
관해
결정적인

4

자신을
사랑하는
법

내 앞에 펼쳐진 낯선 시간들.
시간은 내 심장박동의 빠르기로
흐르기 시작한다.

왜 당신은 당신을,
당신의 생을 사랑하지 않는가?
왜 하고 싶은 일을 하지 않는가?

1

다른 시간을 만나려거든

여행하라

데우다

여행은 마음을 '데우는' 일이다.

여행의 온도는 37.2도 당신의 체온과 같아서

여행을 가는 건,
당신을 안고 있는 것과 마찬가지로

생의 기분 좋은 온도를 느끼는 일.

정말로 아끼지
말아야 할 것

좋아하는 감정,
사랑한다는 고백,
이런 건 절대로 아끼면 안 되지.

즐거워야죠

즐기지 않으면 무의미해요.
인생도 여행도.

다행히 세상은 흥미진진한 일들로 가득해서
우리가 찾으려고 하면 얼마든 찾을 수 있죠.

즐기기 위해 두리번거리고 기웃거릴 것,
그리고 상상할 것.

즐기고 싶다면 내일이 아니라 오늘을
지금을 좀 더 즐기는 게 좋겠어요.

어느 오후 4시의
머뭇거림

세계가 구석구석까지 아름다울 필요는 없겠지만, 요즘의 오후 4시의 하늘은 너무나 아름다워서 공원을 산책하는 발걸음을 무작정 멈추게 할 때가 많다. 오늘만은 이런 평화로운 풍경 앞에서 잠시 발걸음을 멈추고 깊은 호흡을 하고 싶다. 세상이 꼭 이해와 납득, 섭렵과 통제의 대상일 필요만은 없지 않을까. 때로는 세상을 감각의 대상으로 받아들이는 일도 필요하다. 오늘처럼 구름이 예쁜 날에는 더더욱 그렇다. 오늘은 세상에 대해, 우리가 보살피지 않았던 우리 자신의 생에 대해 약간은 심미적이며 관조적인 자세를 가져본다. 우리가 오랫동안 잊고 있었던 바로 그 정신적 습관 말이다.

그리고 10월에는 자신이 상처받고 싶지 않은 것과 마찬가지로 이제 더 이상 어느 누구에게도 상처를 주고 싶지 않다고 생각해 본다. 세계는 막힘없이 앞으로 나아가고 있으며 지금은 그 사실을 충분히 느낄 수 있을 만큼 기분 좋은 오후다.

정말이지,
끝내주는 당신

맥주를 마시며 밤늦도록 이야기를 나누다 보면 여행을 떠나온 그들(혹은 우리들) 모두가 얼마나 개성 있고, 멋있고, 다재다능한 친구들인지 알게 된다. 몇 해 전, 몽골을 여행할 때 한 팀이었던 우리. 기타를 끝내주게 잘 치는 아메리칸 미키, 캐리커처를 끝내주게 잘 그리는 프렌치 플로라, 주어진 재료로 뚝딱뚝딱 끝내주게 맛있는 음식을 만들어 내놓던 이탈리안 세바스티앵, 지도를 끝내주게 잘 보던 차이니즈 왕. 정말이지, 모든 게 끝내주는 그들. 우린 정말로 환상적인 팀이었다. 그러니 당신. 당신은 당신이 생각하는 것보다 훨씬 더 특별하고 비범한 사람이에요. 그런데 당신은 왜 그렇게 평범해지지 못해 안달인 거죠?

다른 시간을 만나려거든
여행하라

여행은 새로운 공간과 장소를 만나는 일이지만 새로운 시간과 조우하는 일이기도 하다. 공간의 새로움이 아닌 시간의 새로움을 느끼는 일. 길 위에서 우리는 우리의 과거를 돌이켜 보고 현재를 성찰하고 미래를 가늠한다.

그래서 여행은 당신을
여행을 떠나기 전의 당신과
조금은 다른 사람으로 만들어 버린다.

빈둥빈둥
나의 라이프워크

말레이시아 랑카위 해안.
아름다운 물빛이 여행자들의 마음을 무장해제시키는 곳.
그다지 비싸지 않은, 바다에 둥둥 뜬 리조트 한 칸을 빌려
하루종일 빈둥거렸다.
맥주와 콜라를 번갈아 마시며 벨 앤 세바스찬의 음악을 들으며
아침 해가 뜰 때부터 석양이 질 때까지
빈둥빈둥.

빈둥빈둥은
여행자 다카하시 아유무가 말한
'나의 라이프워크'.

빈둥빈둥
빈둥빈둥

때론 진지하게 한자리에 머물러 보는 일.
그런 게 필요해.
빈둥빈둥.
뭔가 내 속에 새로운 것이 채워진다는 느낌이 들 때까지.

비수기의 쑥스러움

브라질 가는 길, 비행기를 갈아타기 위해 잠시 들른 카타르 도하. 하룻
밤을 공항 근처에서 보내야 하는데, 호텔에서 뭉그적거리기엔 시간이
아까워서 신청한 사막 사파리. 그런데 아뿔싸, 참여자가 나뿐이다.

"지금은 비수기라서…."

도요타 랜드크루즈를 몰고 온 가이드가 쑥스러워하며 이렇게 말했다.
"하지만 요금의 절반을 깎아줄게."

나도 쑥스러워하며 이렇게 대답했지.
"아, 고마워."

나와 가이드(미안하지만 그의 이름은 기억나지 않는다)를 태운 랜드크루즈는 열심히 사막을 내달렸다. 딱히 할 일이 그것밖에 없었으니까. 그렇게 하지 않았다면 우리는 서로에게 쑥스러웠을 것이다. 한 시간쯤 달렸을까. 셀 수 없을 만큼 많은 사구를 넘은 우리는 커다란 천막으로 만들어진 레스토랑에 당도했다.

사막 한가운데 덩그러니 자리 잡은 레스토랑의 모습은 우리만큼이나 쑥스러워 보였고, 레스토랑을 지키고 있는 두 명의 필리핀인 점원들도 쑥스러워했다. 우리는 각자의 천막으로 들어가 샌드위치를 먹었다. 천막 안은 참을 수 없을 만큼 더웠지만 누구도 밖으로 나오지 않았다. 샌드위치에는 모래가 가득했다. 여행자에게 비수기는 요금을 절반으로 깎을 수 있어 반갑기도 하지만 그만큼 미안하고 쑥스러워져야 하는 계절이기도 하다.

어쩔 수 없이
Imagine

잡지사에서 여행할 때 꼭 챙겨가는 음악을 추천해달라는
의뢰를 자주 받는다.

단 한 곡, 단 한 곡만 추천해 주세요.

정말 어렵지만, 결국 고르라면 음···

어쩔 수 없이
존 레넌의
'Imagine' 아닐까.

모든 것을 잃어버리고 나면
여행할 기회가 찾아온다.

삶이란 실수하고 만회하고
실수하고 만회하는 과정의 연속.
그러니까 실수를 두려워하지 마라.

여행은 내게
주어진 시간이 있다는 것을
알게 해주었다.

우리가 사랑을 배우는
가장 좋은 방법은
사랑하는 것이다.

아직은
도착하고 싶지 않아요

올해에도 많은 여행을 했다.
브라질 상파울루와 카타르 도하, 타이 방콕, 인도 자이푸르와 일본 삿포로, 캄보디아 시엠리아프와 라오스 루앙프라방, 크로아티아 자그레브와 스플리트, 슬로베니아 류블랴나, 이집트 후르가다를 지나 지금은 일본 이시카와에 와있다.
사흘 뒤 다시 인천을 거쳐 하와이로 가야 한다.

피곤하다.
그래도 어쩔 수 없다. 나는 여행자니까. 이젠 이정도쯤이야… 하고 산다. 트렁크를 열고 자이푸르에서 입었던 반바지와 티셔츠, 샌들을 꺼내고는 삿포로에서 입을 스웨터와 털모자, 장갑을 챙겨 넣는다. 피할 수 없다면 즐기라는 말이 있는데, 아직 그 정도 경지는 아니고 체념하는 정도다.

정말이지 피곤하다. 무거운 카메라 장비를 짊어지고 시차경계선을 넘나드는 건, 솔직히 말하자면 힘든 일이다. 마냥 즐겁다고는 할 수 없다.

솔직히 말하자면, 여행의 본질은 피곤한 것이다.
버스는 아무리 기다려도 오지 않고 비행기는 연착이다. 기차역은 언제나 표를 구하려는 이들로 북적인다. 예약한 숙소 문을 열 때 우리를 빤히 바라보고 있는 건 커다란 바퀴벌레고, 샤워장 하수구는 왜 물이 내려가지 않는 것인지…. 여권은 어디에 뒀더라? 카메라는 오늘따라 고장이고 역시나 택시기사에게 바가지를 쓰고 말았다. 우리가 기대했던 여행지는 사실 별거 아니다. 오늘 투어는 정말이지 엉망이었다. 가이드는 대놓고 팁을 요구했고, 소나기까지 내려 비에 흠뻑 젖고 말았다.

이런 게 여행이다.
불평과 불만으로 가득 차있는 하루. 여행은 그런 하루가 일주일 또는 보름, 혹은 일 년 동안 이어지는 일이다. 우리가 책에서 본 여행에 대한 빛나는 수사들은 거짓말일 가능성이 크다. 하지만 문제가 생기지 않는다면 오히려 이상하지 않을까? 처음 가보는 낯선 땅에서 말도 잘 통하지 않는 곳에서 모든 일이 자연스럽게 술술 잘 풀린다면 그게 오히려 잘못된 거다.

참 이상한 일이다. 이 모든 걸 감수하면서 우리는 다시 여행을 떠나니까. 여행길에서 온갖 것들에게 저주를 퍼붓다가 파김치가 된 몸으로 집으로 돌아와 소파에 몸을 던지면서 이렇게 소리친다. '다시는 이따위 여행을 떠나지 않겠어.'

며칠이 지나고 우리는 결국 컴퓨터 앞에 앉아 항공권 사이트를 뒤지기 시작한다. 때마침 프로모션 중인 티켓이 있다. 서둘러 통장 잔고를 확인해 본다. 좀 모자라는 것 같지만 아껴 쓰면 될 것도 같다. 문득 이번 여행이 어쩌면 자신의 인생을 바꿀 수 있을지도 모른다는 예감이 들기 시작한다.

사실 일상이나 여행이나 피곤하기는 마찬가지. 그럴 바에야 여행을! 내 생은 아직도 여행 중. 일상이라는 곳에 아직 정착하고 싶지 않다.

여행과 초현실주의

항상 사건을 일으키고,

우연에 기대며,

무질서를 즐긴다는 점에서

여행과 초현실주의는 동질성을 지닌다.

그리고 무엇보다 자신을 낭비하고 사랑한다는 점에서 더더욱.

이봐, 이 정도면
된 거 아냐?

모든 사람은 천재가 아니지만
모든 사람에겐 각자 주어진 재능이 있어.

난 이 말을 믿는다. 대학을 졸업하고 백화점에 취직했었다. 아니나 다를
까, 난 유능한 사원은 아니었다. 첫날부터 삐걱댔다. 홍보담당이었는데,
보도자료도 잘 쓰지 못했고 기자들하고 친하게 지내지도 못했다. 결국
여섯 달 만에 백화점을 나왔다. 얼마 동안 백수로 지내다 어느 출판잡
지에서 잠깐 기자생활을 했는데, 역시 유능한 기자는 아니었다. 책 읽는
것은 좋았지만 그럴듯한 서평기사를 만들어내지는 못했다.

출판잡지를 나온 후 운 좋게도 어느 신문사에 들어가게 됐었다. 출판 담
당 기자를 하다 여행 담당을 맡게 됐는데 역시 뛰어난 여행 기자는 아니
었다. 몇 년 다니다 그만뒀어. 신문사라는 시스템에 적응하기가 너무 힘
들었다. 그 뒤 한 여행주간지에 입사해 일을 했다. 어찌저찌하다 보니
팀장이라는 직함을 달게 됐는데, 팀장은 아무나 하는 게 아니란 걸 깨달
았다. 후배 기자들에게 취재 지시를 내리고 기사를 배당하고 원고를 수
정하는 일은 지금까지 해왔던 그 어떤 일보다 힘들었다. 그들은 괴로웠
고 나는 피곤했다.

결국 일 년 만에 사표를 썼고 다시는 직장생활을 하지 않으리라 결심했었다. 지금은 프리랜서 생활을 하고 있다. 여행을 가서 사진을 찍고 글을 쓴다. 프리랜서는 겉으로는 그럴듯해 보이지만, 그다지 녹록한 일은 아니다. 하지만 직장생활을 할 때보다는 나은 것 같다.

별 탈 없이, 가끔은 행복해하며 이 일을 하고 있으니까. 난 뛰어난 여행가도 아니고 천재적인 작가는 더더욱 아니다. 하지만 조금은 독특한 여행작가인 것 같다. 다른 여행작가와는 다른 스타일의 사진을 찍고 다른 여행작가와는 다른 스타일의 여행기사를 쓴다. 스스로 그렇게 생각하고 있다. 아무튼, 내겐 '다른 여행작가와는 다른 사진과 기사를 만들어내는' 재능이 있고, 난 그 재능을 활용해 몇 해를 그럭저럭 살아왔던 것 같다. 그러는 동안 좀 행복했으니, 앞으로는 조금은 더 노력해 보려고 한다.

당신의 청춘은
언제였나요

누군가 내게 당신의 청춘은 언제였는지
묻는다면 이렇게 대답할 테다.

오래전 라오스 북부를 오토바이를 타고 여행했었다.
약 20일간 므앙노이, 루앙남타, 므앙씽 등을 여행했다.
여행 도중, 깊은 산길에서 오토바이가 고장나기도 했고
사진을 찍다 칼을 든 소수민족에게 둘러싸이기도 했다.
그럴 때마다 신비한 마법처럼 도움의 손길이 나타났고,
나는 결국 무사히 여행했다.
지금 그 여행을 다시 하라고 하면 자신이 없다.
열정, 불안, 무모함, 호기심이 청춘을 정의하는 단어라면
내게 청춘은 이십 대 시절이 아니다.
오토바이를 타고 비포장도로를 달리던 그때가 내게 청춘이다.

나이를 먹는 건 어쩔 수 없는 일이다.
나이란 게 먹기 싫다고 안 먹을 수 있는 게 아니다.
그건 우리의 책임이 아니다.
내가 두려운 건 아무것도 해보지 않고 시간을 보내는 것이다.
이루고 달성하고 성공하라는 뜻이 아니다.
시도조차 하지 않는 것. 그건 어쩔 수 없는 일이 아니다.
오히려 어리석은 일이다.

하지 않는 것보다는 하는 것이,
믿지 않는 것보다는 믿는 것이 좋다.

그러고 보니
가난한 이유

위시리스트를 가지고 있다.

내가 가지고 싶은 것들을 적어놓은 목록이다. 읽고 싶은 책부터 신발과 가방, 옷, 모자, 텐트, 시계, 자동차, 카메라 등등 사소한 것까지 빼곡하게 엑셀 파일로 정리해놓았다. 밑줄이 쳐진 것도 있다. 그건 이미 가진 것들이다. 씨엠립으로 가는 비행기 안에서 목록을 주욱 살펴보았다. 지금 내가 가지고 있는 자동차에는 밑줄이 그어져 있는데 그 옆에 다른 자동차 이름이 적혀 있다.

지금 내가 가지고 있는 카메라에는 밑줄이 그어져 있는데 그 옆에 다른 카메라 이름이 적혀 있다. 하지만 내가 가지고 있는 카메라면 충분하다. 다른 이들에게 사진을 잘 찍기 위해서는 반드시 좋은 카메라가 필요한 것이 아니라고 자주 말하지 않았던가.

지금 내가 가지고 있는 텐트에는 밑줄이 그어져 있는데 그 옆에 다른 텐트 이름이 적혀 있다. 하지만 내가 지금 가지고 있는 텐트로 한국에서 캠핑을 하기에 전혀 모자람이 없다. 내 텐트는 히말라야에서 캠핑도 할 수 있다.

나는 참 많이 가지고 있는데
나는 왜 가난할까.
필요 이상으로 갖고 싶은 것이
너무 많기 때문일 것이다.

여행을 하며

나는 끊임없이 여행을 했다.
수많은 도시에서 셀 수 없는 낮과 밤을 거쳤다.
길 위에서 사랑을 했고
길 위에서 너그러워졌다.
길 위에서 도덕과 윤리를 배웠고
길 위에서 새로운 눈을 갖게 됐다.
하루아침에 모든 것을 바꿀 수 없으며
우리가 청춘을 그리워하는 이유는 그것이 이미
지나가 버렸기 때문이라는 사실,
그 자명한 사실을 깨닫게 된 것도 길 위에서다.
침대에서의 식사는 불편했고
자작나무에 등을 기댄 잠자리는 아늑했다.
그러니 나를 키운 건 8할이 길.
그리고 여행을 한 지난 세월 동안
나는 처음보다 당신을 더 사랑하게 되었으니
무엇보다 기분 좋은 건
내가 여행을 하고 당신을 사랑한 그 시간 동안,
나는 점점 더 온전하고 겸손한 인간이 되어가고 있었던 거다.

아바시리역이라고 있어.
홋카이도를 여행할 때
비에이에서 출발해 시레토코 반도로 가기 위해 보통열차를 탔을 때
잠깐 들렀던 작은 시골역이야.
아바시리역으로 가는 한 량짜리 보통열차는
물고기처럼 느리게, 느리게 달렸지.

기억난다.
선풍기가 돌아가고
마을 사람들은 열차에 앉아 정겹게 이야기를 나누고
창밖으론 오호츠크의 파도가 넘실댔지.

열차를 타며
아, 살아 있구나, 하는 느낌을 받았던 건 정말 오랜만이었어.

우리 삶도 보통열차의 속도로 간다면
내리고 싶을 때 내렸다가
다시 타고
천천히, 천천히, 천천히…
그렇게 우리 삶이 흘러갈 수 있다면…

홋카이도를 여행한다면 꼭 한 번 타보시길.
아바시리행 보통열차.
기억해 둬.
느리게 느리게 달리던,
물고기를 닮은 보통열차.

아바시리행 보통열차

당신 때문이 아니야,
절대로

새벽에 깨는 일,

깨어서 메일함을 열고 스팸메일을 꼼꼼히 읽어보는 일.

베란다로 나가 애써 남십자성을 찾는 일.

어둔 방 모퉁이에서

손전등을 켜고 보르헤스나 레이먼드 카버의 단편을

더듬거리며 읽는 일.

철 지난 잡지를 뒤적이는 일.

지난 가을 찍었던 코스모스 사진을 꺼내 물끄러미 바라보는 일.

집게손가락 끝으로 지구본을 괜히 빙그르르 돌려보는 일.

창고 속에서 오래된 랜턴을 꺼내 먼지를 호호 불어가며 닦는 일.

일요일에 책장의 책들을 모두 꺼내 색깔별로 꽂아보는 일.

북구의 물결치는 오로라를 상상하는 일.

바다, 바다, 바다…

바다를 생각하는 일. 이 모든 건 절대로 당신 때문이 아니야.

절대로 당신 때문만은 아니야.

당신 때문에 내가 이렇게 밤에 깨어 있다니.

절대로 그건 아니야.

다시 잠을 청하려 이불 속으로 파고드는 어깨가 시리다.

외로움은 몸이 먼저 안다.

어쩌면 사랑은

가장 아름다운 오해

오래전부터
이렇게 말하고 싶었어

당신은 아주 조용한 책
설원이 숨겨놓은 타이가 숲, 그 속에서 피우는 따스한 모닥불
당신은 나의 봄, 그 봄에 핀 꽃
내 삶에 대한 온화한 비평
당신은 내가 겪었던 행운의 궤적
내 인생의 모든 토요일 아침
당신은 새로 지은 시처럼 너무 좋아서
아무리 입에 넣고 중얼거려도 질리지가 않지
당신은 지금 여기, 동백이 앉았던 무늬들
혹은 내가 오늘 가져온 악기
나는 하루종일 당신을 안고 줄을 고른다네
당신은 나의 도피
때로는 절해고도, 알아들을 수 없는 시니피앙
당신은 나의 둘시네아, 스푸트니크, 비틀즈
당신은 나의 습관
나의 산책
내게 주어진 시간

그러니까 당신은…
내게 가장 잘 어울리는 장소

당신에게

당신에게 무엇이든 새롭게 시작할 수 있는
깨끗한 새벽을 보여주고 싶었다.
내가 당신을 이곳으로 데려온 이유다.

바타네스라는 곳

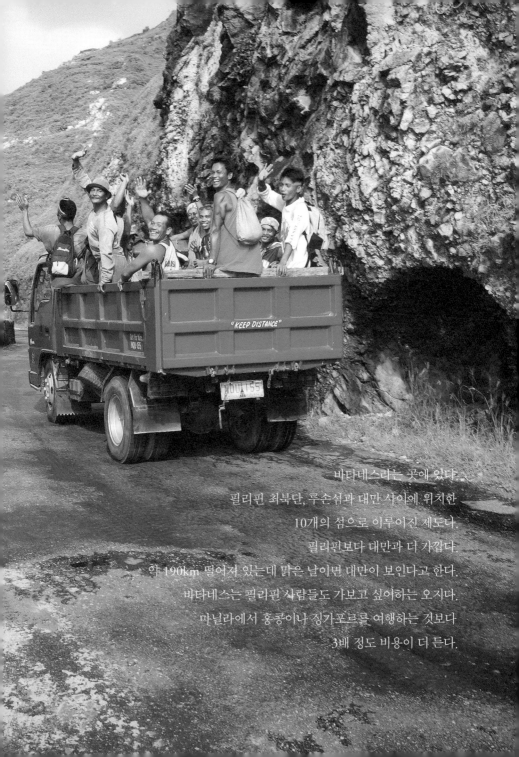

바타네스라는 곳에 있다.
필리핀 최북단, 루손섬과 대만 사이에 위치한
10개의 섬으로 이루어진 제도다.
필리핀보다 대만과 더 가깝다.
약 190km 떨어져 있는데 맑은 날이면 대만이 보인다고 한다.
바타네스는 필리핀 사람들도 가보고 싶어하는 오지다.
마닐라에서 홍콩이나 싱가포르를 여행하는 것보다
3배 정도 비용이 더 든다.

바타네스는 강한 태풍이 자주 지나가 '태풍의 섬'으로 불린다. 필리핀 태풍 관측 기준으로 슈퍼 태풍에 해당하는 초강력 태풍이 일 년에 열 차례 이상 통과한다. 이곳 사람들은 시속 240km 이상의 강한 바람이 불어야 태풍이라 부른다. 섬에는 '레이더 투콘'이라 불리는 레이더 기지가 있다. 미군이 대형 파라볼라 안테나를 세우려 했지만 강한 태풍이 불어 레이더가 통째로 날아가 버렸고 지금은 건물 잔해만 흉물스럽게 남아 있다.

태풍이 많다 보니 건축양식도 독특하다. 태풍에 견디기에 알맞은 구조로 되어 있는데, 바닥을 깊게 파고 벽을 두껍게 쌓아 올린다. 석회암으로 지어진 돌집은 벽의 두께가 1미터에 달한다. 집 지하실에는 태풍이 불 때를 대비해 가축과 식량을 저장하고 사람이 대피할 수 있는 방공호가 만들어져 있다. 문과 창문이 모두 태풍이 오는 방향을 등지고 난 것도 이채롭다.

바타네스에는 방송국이 있다. 고등학교 교내 방송국 수준이다. 아직까지 LP로 음악을 틀어준다. 여자 디제이 혼자서 아침 아홉 시부터 저녁 여섯 시까지 모든 방송을 진행한다. LP로 음악도 틀고 뉴스도 읽고 일기예보도 한다.

'태풍의 섬'이라는 무시무시한 별명을 가지고 있지만 섬은 평화롭기 그지없다. 필리핀 사람들이 세상에서 가장 낙천적이라고 하는데 바타네스 사람들은 필리핀 사람 중에서도 가장 낙천적인 것 같다.

섬에는 1만 8,000명 정도가 살아가는데, 2000년대 초반까지 자급자족했다고 한다. 사람들은 물물교환을 하며 살았고 시장이 생긴 건 2005년이다. 그런데 이 시장이라는 곳이 시장이라고 부르기에는 좀 민망한 수준이다. 넓이는 50~60평 남짓. 과일과 채소, 공산품 몇 가지를 놔두고 있다. '우리도 시장이라는 것을 만들어야 하는데, 그냥 이 정도 크기로 만들어 두자. 우리 동네를 찾은 사람들에게 이게 우리 시장이야, 하고 보여줄 정도로만 말이야.' 뭐, 이런 각오로 만든 시장 같다. 마을 최고 번화가는 300~400미터 정도. 좁은 골목을 사이에 두고 옷가게와 채소가게, 철물점, 구멍가게 등이 늘어서 있다.

그러니까 바타네스는 오히려 '내셔널 지오그래픽'에나 나올 만한, 20대보다는 머리가 희끗해져 가는 40대에 어울리는, 그런 섬이라고 상상하면 되겠다.

여행을 하다 보면 한 마을이 완벽한 하나의 세계를 이루는 곳을 만나게 된다. 더 이상 더할 것도 뺄 것도 없는, 오직 선의로만 가득한 그런 곳. 지금까지 여행을 하며 그런 곳을 딱 두 번 만났다. 라오스 루앙 프라방이 그랬고, 시칠리아 아그리젠토 외곽에 자리한, 올리브 나무로 가득 찬 작은 마을이 그랬다.

바타네스도 그런 곳이다. 세상 사람 가운데 '바타네스에서 행복하게 살 수 있는 사람 손들어 봐' 해서 1만 8,000명만 뽑아 모아놓은 것 같은, 그런 섬. 바타네스에서 일주일을 머무는 동안 주민들과 어울려 아주 이상하게 생긴 그물로 낚시를 하거나, 얌이라는 고구마 비슷하게 생긴 뿌리 작물을 캐거나, 말보로 힐이라고 부르는 울퉁불퉁하게 생긴 언덕에서 소 치는 아이들과 놀거나, 다이어 스트레이츠의 음악을 들으며 북태평양을 질리도록 바라보거나, 오토바이를 빌려 섬을 몇 바퀴 빙빙 돌거나, 스쿠버다이빙을 하면서 (이 섬에서는 스쿠버다이빙 장비도 구할 수 있다!) 놀았다.

세상이 어떻게 돌아가든 나는 모르겠다, 하는 마음가짐으로 열심히 놀았다. 바타네스에서는 내가 그렇게 논다고 해도 비난할 사람이 아무도 없었다. 게다가 난 일주일 정도는 신나게 놀 수 있는 자격 정도는 갖추고 있을 정도로 열심히 일했으니까. 그런데… 그렇게 놀다가 마닐라로 돌아오는 날, 바타네스 공항을 이륙하는 프로펠러 비행기 안에서 문득 깨달았다.

지금까지 나는 자동차나 양복 혹은 구두를 사는 일 따위로 피곤했던 적이 많았다는 사실을. 인생에는 훨씬 중요한 일이 많을 것이다. 가령 위에서 말한 북태평양을 질리도록 바라보는 일 같은, 그런 일. 바다를 바라보는 게 왜 중요하지? 라고 묻는다면 나는 딱히 설명할 방도가 없다. 그저 한 번쯤 그렇게 해보라고 말하는 수밖에는. 실제로 그렇게 한 번쯤 해보면 내 말에 고개를 끄덕이지 않을까 싶다.

비행기가 힘껏 이륙하는 순간
나는 유리창 밖으로 보이는 바타네스를 쓰다듬었다.
한국으로 돌아가면 내 인생을 차근차근 정리해 봐야겠어,
이제는 그럴 때가 됐어,
나는 그렇게 생각했다.
수평선 너머에는 태풍이 오는지 먹구름으로 가득했다.

반복일 뿐이야

당신 앞에 세월을 되돌릴 수 있는 버튼과 빨리 가게 할 수 있는 버튼이 있다. 당신은 어느 버튼을 누르고 싶은지…. 며칠 전까지만 해도 나의 선택은 '되감기 버튼'이었다. 모든 걸 다시 시작해 보고 싶었다. 다시 사랑을 하고 싶었고 다시 대학에 들어가 새로운 전공을 선택하고 싶었다.

그래서 새로운 직업을 가지고 싶었고 (아마 건축가나 경비행기 조종사?) 초등학교 시절로 다시 세월을 되감을 수만 있다면 기타를 정말로 열심히 쳐보고 싶었다. (밴드를 만들어 보는 게 나의 로망이다.) 그리고 런던에, 도쿄에, 이스탄불에도 다시 가보고 싶었다. '그때 그 시절'로 돌아간다면 정말이지 뭔가 새로운 일을 열심히 할 수 있을 것 같았다.

하지만 베트남 하노이의 어느 게스트하우스에서 생각이 바뀌었다. 2달러짜리 컨티넨털 브랙퍼스트를 앞에 두고 나는 친한 친구가 죽었다는 문자 메시지를 받았다. 그의 죽음에 대해 나는 잠깐 슬펐지만, 우선은 도저히 먹을 수 없는 엉망진창인 계란 후라이에 대해 게스트하우스 주인에게 항의해야만 했다. 주인은 내게 새로 만든 계란프라이를 가져다줬고 나는 미지근한 비아 하노이 맥주에 얼음을 넣으며 잠시 울었던 것 같다.

모든 것은 단지 반복일 뿐이다. 변하는 것은 없다. 세월을 되돌릴 수 있는 버튼과 빨리 가게 할 수 있는 버튼이 있다면 나는 주저 없이 빨리감기 버튼을 누를 것이다. 모든 것은 반복일 뿐이기 때문이다.

부디,
내가 나를

내가 나를 더 믿을 수 있게.
내가 내게 더 온전히 의지할 수 있게.

어른이 되기 위해

어른이 되기 위해
가장 먼저 배워야 할 게 뭔지 알아?

첫 번째.
세련되게 거절하는 방법을 알고 있을 것.
그리 친하지 않은 사람이 안면으로 일을 들이밀 때는
일단 생각해 본 다음 메일로 답을 드리겠다거나,
상사가 당직을 바꾸자고 할 때를 대비한
적당한 핑곗거리 정도는 만들어 둬야지.
곁들여 말한다면, 할까 말까 망설여지는 일은
경험에 비춰보건대,
시작하지 않는 게 좋아.
일도 그르치고 인간관계도 불편해질 뿐이지.
기억해 둬.
거절을 잘하면 인생이 두 배는 편해진다는 것을.

그리고 두 번째.

때로는 싫은 사람에게 싫다고 눈 질끈 감고 말해버릴 것.

당신이 뭔데, 내 인생에 간섭하는 거죠?

내가 당신보다 더 똑똑한 것 같은데… 라고.

자 이제 말해봐.

단호하게.

전 그런 일 안 합니다.

난 당신이 싫어요.

·

·

·

하지만 사실은 나도 이게 잘 안 돼.

전 이런 일 안 합니다. 난 당신이 싫어요.

도저히 말을 못 하겠어.

·

·

·

오늘도 정말 보기 싫은 클라이언트를 만나 정말 하기 싫은 종류의 일을
해달라는 부탁을 받았는데 실없이 웃으며 '당연히 해드려야죠'라고
말하고 말았다.

가끔 내 인생은
결코 착하지 않은 나와 끝까지 착하게 보이려고 하는 나와의
끝없는 싸움이 아닐까 하는 우울한 생각이 든다.

오해하지 마세요

오해하지 마세요.
당신의 성공이 아니라 당신의 능력을 질투하는 것이니까요.
당신의 성공을 진심으로 축하하고 함께 기뻐할게요.
당신의 행복이 커진다고 내 행복이 줄어드는 건 아니니까요.

하지만 당신의 그 능력,
모든 사람을 순식간에 자기편으로 만들어 버리는 그 능력은
정말 부러워요. 뺏어오고 싶어요.

얼른 떠나세요

블로그를 운영하는데, 한때는 열심이었지만 요즘은 좀 뜸하다. 가끔 여행 다녀온 사진을 올리는 정도다. 오랜만에 블로그에 들어갔는데 한 독자가 쪽지를 보내왔다.

'저는 곧 루앙 프라방으로 여행을 떠날 예정입니다. 하지만 두근대기만하고 어떻게 준비를 해야 할지 모르겠어요. 그곳 날씨와 숙박과 음식 등등. 어디에서 자고 어디에서 밥을 먹고 어디를 봐야 할까요. 도와주세요.'

루앙 프라방에 마지막으로 갔던 때가 수년 전. 지금은 많이 변했겠다. 물가도 올랐을 테고 새로운 게스트하우스와 레스토랑도 많이 생겼을 것이다.

여행 정보를 물어오는 독자들의 블로그 쪽지, 트위터 멘션, 메일을 자주받는다. 친절하게 살 가르쳐 드리고 싶지만, 개인적으로 정보를 가르쳐 드리는 일은 될 수 있으면 하지 않으려 한다. 가장 큰 이유는 내가 가지고 있는 과거의 정보보다는 인터넷 여행 카페에서 얻는 최신 정보가 더유용하지 않을까 하는 점 때문이고, 또 다른 이유는 취향. 먹고 자는 것이 여행에서 가장 중요한 문제인데, 거기서 틀어지면 여행은 걷잡을 수없이 힘들어지고 피곤해진다. 잠자리와 식당은 개인의 취향이 호불호를 상당히 좌우하기 때문에 선뜻 권하기가 망설여진다.

고민 끝에 그분께 이렇게 답했다.

'두근거림이 사라지기 전, 얼른 떠나세요. 설렘은 모든 불편을 감내하게한답니다.'

잘하는 일이 아닌
좋아하는 일

내가 일에 대해 가지고 있는 원칙은 단 하나다.

하기 싫어도 잘할 수 있는 일이 아니라

잘할 수 없어도 좋아하는 일을 하자.

지금까지 이렇게 해왔다.

글쓰기도, 여행도, 사진 찍기도

모두 내가 좋아해서 시작한 일이었다.

그리고 이 일들은 아직도 내가 좋아하는 일이다.

물론, 하기 싫은 때도 있었다.

하지만 그건 단지 하기 싫은 '때'였을 뿐이다.

나만 할 수 있는 일이 아닌

내가 남들보다 조금 다르게 할 수 있는 일

그리고 좀 더 즐겁게 할 수 있는 일, 그런 일.

좋아서 하다 보니 열심히 하게 됐고 최선을 다했던 것 같다.

그러다 보니 나중엔 그럭저럭 잘했던 것 같다.

지금 내가 하고 있는 일은

내가 좋아하는 일이고 잘하는 일이고

그래서 즐겁다.

나는 지금의 일을 좋아하지 않을 때까지 할 것이다.

코파카바나 해변에
누워 있는데 말이야

우리가 살아가는 이유는 좀 교과서적이고 지루한 대답인 것 같지만 행복해지기 위해서가 아닐까. 학교에 다니는 건, 월요일이면 어김없이 회사에 가는 건, 친구를 만나 술을 마시는 건, 자전거를 타는 건, 좋은 차를 가지려 적금을 드는 건… 이렇게 하면 행복해질 것 같아서가 아닐까. 지금은 불편하지만, 내일은 행복해질 것 같아서. 우리가 여행을 떠나는 이유 역시 이곳에 없는 행복이 그곳에는 있을 것 같아서가 아닐까… 하는 생각을 하며 코파카바나 해변에 누워 있는데

문득 이런 생각이 드는 거야.
행복은 다가올 일에 대한 걱정이 없는
현재의 상태라고.

사랑하게
됐다는 거지

사진이든 시든 비슷해. 잘 찍는 방법과 잘 쓰는 방법은 똑같아.

이건 나만의 방법인데 말이야. 우선 '나만의 사물'을 만들어 보도록 해.
꽃도 좋고 나무도 좋고 구름도 좋아. 자동차, 전봇대, 화분, 놀이터, 책상,
의자, 커피잔, 자전거 등등 주위에서 쉽게 볼 수 있는 것들이면 더욱 좋
겠지.

마음에 드는 하나를 정했다면 열심히 찍어보는 거야. 하루에 몇 장씩,
규칙적으로 찍는다면 더 도움이 되겠지.

어느 날부터 보이지 않던 부분이 보이기 시작할 거야. 보이지 않던 흠집
이 보이고 보이지 않던 그림자가 보이고 보이지 않던 주름이 보이고 보
이지 않던 색깔이 보일 거야. 그럼 다 된 거야. 평범하던 꽃이 특별한 꽃
이 된 거고 평범하던 책상은 특별한 책상이 된 거야.

보이지 않던 게 보이기 시작했다는 건
네가 그 사물에 애정을 가지기 시작했다는 것이고,

그건…
사랑하게 됐다는 거지.
그러니 넌 이제 너만의 꽃 사진, 너만의 나무 사진,
너만의 자동차 사진을 찍을 수 있는 자격이 생긴 거야.

넌 이제 나와는 다른 자동차 사진을 찍을 수 있고, 그건 분명 잘 찍을 수
있다는 말이고, 그건 너무나 기분 좋은 일이지.

타이트하다면 타이트한
프리랜서의 일상

보통 새벽 3시 반쯤에 일어난다. 먼저 에스프레소를 더블샷으로 마시고 컴퓨터를 켠다. 간단하게 뉴스 검색을 한 뒤 일을 시작한다. 원고를 쓰든 사진 후반 작업을 하든… 아무튼 무슨 일이라도 한다.

7시까지 일을 하고 아침 식사 겸 휴식. 그리고 9시면 도서관으로 간다.

도서관이 내 작업실이다. 예전에 서울 모처에 오피스텔을 구해 작업실로 썼는데, 왔다갔다 하기도 귀찮고, 출장이 잦다 보니 작업실 나가는 날도 며칠 안 되고 해서 정리했다. 이후 도서관에서 작업하는데, 습관이 되다 보니 그럭저럭 할 만하네요. 도서관에서는 책도 읽고, 잡지도 읽고, 원고 쓴다. 그냥 도서관이 내 서재다 하는 마음으로 편하게….

오후 1시까지 도서관에 있다가 점심을 먹으러 집에 간다. 밥 먹고 다시 도서관에 가면 2시. 특별한 일이 없는 날은 4시까지 도서관에 있는다. 4시 이후는 자유시간이다. 친구들도 만나고 영화도 보고 서점에도 가고 거리를 어슬렁거리기도 한다. 취침은 대략 9~10시 정도다.

이렇게 써놓고 보니 많은 이들이 부러워할 수도 있겠다. 하지만 실상은 그렇지 않다. 원고 마감에 맞추느라 야근하는 날도, 밤샘하는 날도 많다.

일해야 하는 주말도 부지기수다. (월요일 마감을 요구하는 편집자들이 있어서.) 프리랜서에겐 '납품일자'를 맞추는 게 가장 중요하기 때문에 사실은 어제도 4시간밖에 자지 못했다. 해남 출장을 다녀와서 바로 원고를 넘겨야 했다.

어쨌든, 프리랜서라고 해서 여유롭고 멋있는 건 아니다. 프리랜서는 언제나 '을'이다. '납품기한'은 칼같이 지켜야 하고, '24시간 AS'도 가능해야 한다. 하기 싫은 회식에도 참여해야 하고, 가끔 접대도 해야 한다.

지금은 오후 2시, 여기는 도서관. 쏟아지는 졸음을 참으며 노트북의 키보드를 두드리고 있다. 넘겨야 할 다른 원고가 있다. 점심도 건너뛰었다. 4시까지 원고를 마무리하고 잠깐 눈을 붙이고 저녁에 홍대로 나가 친한 출판사 편집자와 치맥을 먹을 예정이다.

'낮에 열심히 일해야 저녁에 마음 편히 놀 수 있다.'
프리랜서로 성공하고 싶다면 무릇 이 말을 가슴 속 깊이 새겨야 한다.

카오산 로드에서

청춘은 모두에게 주어지는 공평한 기회야.

카오산 로드에 가봐.
얼마나 많은 청춘들이 60리터 배낭에 인생을 구겨 넣고
즐겁게 세계를 떠도는지.

조금 전, 카오산 로드 한가운데를 백인 두 명과
흑인 한 명, 아시안 한 명이 떼창을 하며 지나갔다.
그런데 하나도 한심해 보이지 않았다.
젊음은, 청춘은
낭비하고 탕진하라고 있는 거지,
아껴두라고 있는 게 아니야.

그러니 그래도 된다. 괜찮다.
나중에 나이가 들었을 땐,
오늘의 기억이 당신을 따스하게 데워줄 테니까.

청춘이니까 저지르고 살아라.
그게 청춘의 특권이니까.

결정

이렇게밖에 말할 수 없다.
일단 결정을 하고 저질러버려라.

신기하게도
그렇게 하고 나면 모든 것이 돌아가기 시작한다.

그다음 할 수 있는 건
성공을 기원하는 자신만의 주문을 외우는 일.

약간은, 때로는,
어쩌다 한 번은

옛날엔 그러지 않았는데, 여행을 하다 보니 성격도 바뀐 것 같다. 예전엔 우유 하나를 사더라도 날짜를 꼼꼼히 따져봤다. 뭐, 약간은 피곤한 스타일이었다. 그런데 이곳저곳 쏘다니다 보니 대충 살게 됐다. 형편없는 음식을 먹다 보니, 지저분한 침대에서 자다 보니, 며칠씩 씻지도 못하다 보니 그렇게 됐다. 요즘은 뭐, 설마 먹지도 못하는 우유를 갖다 놓았겠어? 하고는 그냥 집어온다. 몇 해 전 라오스를 여행할 때였다. 어느 시골의 작은 마을에서 땀을 뻘뻘 흘리며 사진을 찍고 있는데 한 소녀가 다가오더니 물 한 컵을 내밀었다. 유리컵이었는데, 먼지가 잔뜩 달라붙어 있었다. 게다가 물에 뭔가 둥둥 떠있었는데, 이걸 마시면 오늘 밤 화장실 변기에 앉아 자야 할지도 모른다, 하는 생각이 들었다. 하지만 '더울 텐데 이거 마시고 해' 하며 생긋이 웃는 아이의 얼굴을 무시할 수 없었다.

에라, 모르겠다. 설마 이 물 마시고 죽기야 하겠어?

그 물을 단숨에 마셔버렸다. 물론, 그날 밤 고생 좀 했다. 하지만 그 물을 마신 덕분에 마을 사람들과 친해졌고 멋진 사진을 찍을 수 있었다.

약간은 낙천적으로, 때로는 될 대로 되라는 심정으로,
어쩌다 한 번은 설마 죽기야 하겠어 하는 마음가짐으로 살아보자.

오늘도 유통기한이 사흘이나 지난 우유를 마셨는데…
멀쩡하다.

오해 하나 더

난 널 싫어하는 게 아니야.
단지 좋아하지 않는 것뿐이지.

우리가 슬펐던,
딱 그만큼

기쁜 순간보다는 슬픈 순간이 더 많은 것 같다.

행복한 순간보다는 아픈 순간이 더 많은 것 같다.

만나는 사람보다는 떠나보내는 사람이 더 많은 것 같다.

강물은 흘러 '오지' 않는다.

강물은 언제나 흘러 '간다'.

여행이나…

인생이나…

하지만 어쩔 수 없다.

힘을 내는 수밖에는.

누군가 그랬다. 우리가 슬펐던 만큼,

아팠던 만큼, 딱 그만큼

용기를 가질 수 있다고.

아무도 없으니,
겨울나무 앞에서

여기는 홋카이도 시레토코 반도.
일본의 땅끝이다.
겨울이면 오호츠크해에서 차가운 유빙이 떠내려온다.
후회, 후회, 후회의 유빙들.
그 앞에서 몸을 떨다 자작나무 숲으로 들어왔다.
아무도 없으니, 솔직히 말한다.
온몸을 다해 사랑했던 적은 없으나
온 힘을 다해 이별하려 몸부림쳤던 적은 있었던 것 같다.

우리가 놓쳤던 사랑들은
별이 되지

할 수 있다면 우리는 사랑할 수 있는 모든 기회를 놓쳐서는 안 된다.

하지만 우리에겐 너무 일찍 포기한 사랑이 얼마나 많았던가.

그 사랑들이 모여서 저기 빛나고 있다.

도대체
당신이라는 사람

믿을 수 있겠어요?
수많은 여행을 했지만 내겐 아무 일도 일어나지 않았어요.
고인 물처럼 고요했죠.
그래서 이젠 여행을 그만둘까 하고 생각했죠.

하지만
하지만 당신을 만난 어제
내 인생은 우당탕 큰소리를 내며 급류처럼 흐르기 시작했어요.
도대체 당신이라는 사람, 당신은 내게 무슨 짓을 한 거죠?

난 떠나겠어요.
당신을 잊기 위해 여행을 계속하겠어요.
당신을 그리워하기 위해 길을 가겠어요.

미안해

'고마워'라는 말보다
'미안해'라는 말을 더 많이 하는 것 같다.
나이가 들면서 더 그런 것 같다.
우선 미안하다는 말부터 하고 본다.
차가 막힐 줄 몰랐어. 늦어서 미안해.
아픈 줄 몰랐어. 미안해.
네가 좋아할 줄 알았어. 마음에 들지 않는다면 미안해.
오해해서 미안해.

'고마워'라는 말에는 점점 인색해지는 것 같다.
엘리베이터를 잡아줘서 고마워요.
먼저 지나가게 해줘서 고마워요.

우리를 살아가게 하는 건
아는 사람의 미안함 때문이 아니라
모르는 사람의 고마움 덕분인데….

어쨌든, 미안해라는 말 자꾸 해서 미안해.

지금 사랑하고
있는 것들을

트위터에 이렇게 남겼다.

기타를 배워 가수를 해볼까 합니다.
(잭 존슨의 노래를 듣다가 문득)
답글: 잉베이를 들었다면 큰일 날 뻔 했군요.

그림을 배워 일러스트레이터가 되어볼까 합니다.
(밥 아저씨의 그림 그리기 프로그램을 보다가 문득)
답글: H.R 기거를 보았다면 큰일 날 뻔했군요.

연기를 배워 연극배우가 되어볼까 합니다.
(퐁네프의 연인들을 보다가 문득)
답글: …

새로운 것이 아닌
지금 사랑하고 있는 것들을 좀 더 사랑하는 일.
때론 지금 내가 하고 있는 일을 내가 얼마나 만족스러워하고 있는지
잊을 때가 있다.
내가 사랑하고 있는 당신처럼.

여행이나
생활이나

처음 여행 갈 때 짐을 싸고 풀기를 수십 번.
면봉과 계산기, 나이프, 나침반, 침낭, 컵, 등등
온갖 잡동사니들을 넣을까 말까, 수만 번 고민했지.

지금은 뭐, 이런 것들 가져갈 생각도 안 한다.
이런 게 없어서 여행을 포기해야 했던 적은 없다.
조금 불편했던 적은 있었지.
그래서 얻은 결론은
가지고 가야 할지 말아야 할지 고민되는 물건은 가져가지 말 것.

이걸 생활에 적용시켜보니
사야 할지 말아야 할지 고민되는 물건은 사지 말 것.
우리가 살아가는 데 필요한 물건은 그렇게 많지 않더라.

하지만 꼭 가져가는 건 있다.
음악과 책.
가져가지 않더라도 현지에서 구한다.
그런 것들이 없으면 여행이 즐겁지 않다.

어쨌든 여행은 즐거워야 하니까.
그건 삶도 마찬가지고.

당신을 위한
2월의 여행지

2월은 어디론가 훌쩍 떠나기 좋은 달.
당신을 위해 가까운 세 곳을 골랐다. 지하철을 타고 갈 수 있다.

오산 물향기수목원
약간은 지금의 삶에서 벗어나고 싶을 때, 좋아하는 음악을 들으며 느리게 걷고 싶을 때, 혹은 바람이 숲을 흔들고 가는 소리가 문득 그리울 때, 이럴 때 불쑥 찾으면 좋을 만한 곳이다. 오산 물향기수목원. 이름도 어여뻐서 물향기수목원, 물향기수목원 하고 두어 번 입속에서 오물거리게 된다.
전철역에서 내려 5분만 걸어가면 만나게 되는 비밀의 정원에는 방아풀이며 박하, 배초향, 백리향, 어리연꽃, 수련, 부들, 개연꽃, 물달개비, 물옥잠화, 매발톱꽃, 부처꽃, 분홍바늘꽃, 로즈메리, 먼나무, 아왜나무, 굴거리나무 같은 이름을 가진 것들이 살아가고 있다.
우리가 밥을 짓고 차를 끓이고, 그리운 듯 LP판을 뒤져 드뷔시를 듣고, 오이 향이 나는 비누로 세수를 하고, 앞에 놓인 국수를 카메라로 찍어두며

살아가듯 이곳에 있는 나무며 꽃이며 풀들은 햇볕을 쬐고 바람소리를 듣고 뿌리를 뻗어 물을 빨아들이며 살아간다. 그게 이들의 일상인 것이다. 물향기수목원에 난 길을 따라 걷는다. 부드러운 흙으로 덮인 길을 가볍게 오르락내리락한다. 연못 한편에서는 물새가 날개를 치며 후드득 날아오른다. 이렇게 여유로운 시간을 가져보는 게 얼마 만이던가. 우리는 그동안 스스로에게 시간을 주지 않았다. 몸은 앞서 가고 있지만 영혼은 우리를 미처 따라오지 못했던 것이다. 오늘만은 모든 일을 내려놓고 잠시 호흡을 가다듬는다. 영혼에게 따라올 시간을 준다.

나무 사이를 걷고 꽃과 잎사귀에게 넌지시 눈길을 던지며 스렁스렁 한나절을 보내다 보니 어쩌면 이 모든 일이 우리가 잘 살고 있는 증거라도 되는 양 기쁘고 기껍다. 그러면서 우리네 일상이 아무리 다급하더라도 이런 '식물적인 시간'을 확보해야 되지 않을까 하는 생각도 넌지시 가져본다. 어느 여행자의 말대로, 우리가 스스로 살아간다는 실감을 얻을 수 있는 곳은 사무실이 아니라 나무 아래고, 소중한 것을 깨닫는 장소는 언제나 컴퓨터 앞이 아니라 파란 하늘 아래니까.

인천 차이나타운과 월미도

낯선 풍경이, 낯선 음식이, 낯선 시간이, 낯선 언어가 문득 그리울 때가
있다. 구두 밑창에 달라붙은 젖은 나뭇잎처럼, 떨어지지 않고 끈질기게
달라붙어 있는 일상이라는 놈으로부터 멀리멀리 달아나고 싶은…
그런 때.

지금 여기가 미국 유타의 외곽이나 아일랜드의 어느 변두리 도시라면 좋겠다. 이렇게 생각하시는 분들께 차이나타운과 월미도를 권해 드린다. 비싼 항공권을 살 필요도 없고, 시차에 멍한 머리를 적응시키느라 억지로 에스프레소를 마시지 않아도 된다. 1시간 남짓 전철을 타는 것만으로도 당신은 날짜변경선을 넘나드는 경험을 할 수 있을 테니까. 인천역에서 나와 건널목을 건너는 순간 당신은 패루를 만날 것이고 차이나타운으로 들어설 것이다. 사실 이곳이 그다지 새롭다고는 할 수 없겠다. 길 양옆으로 이어진 짜장면집들, 그렇고 그런 장식의 뻔한 중국 상품 가게들. 중국도 아니고 한국도 아닌 어정쩡한 풍경들.

당신이 이런 느낌을 받았다면 이번 여행은 성공한 것이다. 어차피 이번 여행의 목적은 모호한 곳에서의 모호한 느낌으로 보내는 하루니까. 거리 한편에서 얼룩말이 권태로운 표정으로 하품을 하고 있어도 상관없다. 차이나타운에서 짜장면과 군만두를 먹은 뒤 한 손엔 테이크아웃 커피잔, 다른 한 손엔 중국식 과자를 들고 산보를 시작한다. 차이나타운 뒤편엔 자유공원이 있는데 여기에는 맥아더 장군의 동상이 있다. 이곳에서 바라보는 인천항의 풍경이 꽤 그럴싸하다. 공원을 내려와 월미도로 향한다. 월미도 입구에는 조그마한 놀이공원이 있다. 평일의 놀이공원은 한층 이국적이다. 허공을 오르내리는 텅 빈 바이킹, 멈춰 선 범퍼카와 회전목마가 어딘지 모르게 그로테스크한 분위기다. 월미도의 명물로 불리는 디스코팡팡도 조용하기만 하다. 놀이공원 맞은편은 바다. 수평선 너머에서 불어오는 바닷바람이 따스하다. 바다 위를 지나는 모노레일이 황량하다. 바다를 바라보고 있는데 어디선가 시끌벅적한 중국말이 들려온다. 중국인 단체 관광객들이다. 'OO횟집' 간판을 배경으로 기념사진을 찍고 있다.

도대체 여긴 어디란 말인가.

남양주 능내역

어지러운 마음을 정리하고 싶다면, 가장 좋은 방법은
철길을 걷는 것이 아닐까. 나란히 이어지는 철길을 따라 침목을
하나둘 밟으며 걷다 보면 신기한 마법처럼 마음이 정리될 것이다.

물론 철길을 걷는다고 뒤엉킨 문제가 실타래 풀리듯 스르르 해결되지
는 않겠지만 적어도 우선 나부터, 내 주위부터 차근차근 정리해 보자는
마음 정도는 생겨나지 않을까. 남양주 팔당역에서 운길산역까지, 옛 경
춘선 구간은 이제 폐철로가 됐다. 기차는 더 이상 다니지 않는다. 하지
만 다행히도 철로를 걷어내지 않고 걷기 좋아하는 이들을 위해 남겨두
었다. 전망데크도 만들어 두었는데 최근 불어닥친 걷기 열풍 덕인지 주
말이면 등산복을 입고 배낭을 멘 트레커들이 제법 찾아든다.
길은 산모퉁이를 따라 슬그머니 휘어지기도 하고 쭉 뻗어나가다 소실
점으로 사라지기도 한다. 북한강을 바라보며 걷는 길이라서 조망도 좋
다. 걷다 보면 터널도 만난다. 봉안터널이다. 터널 안에 은은한 조명이
설치되어 있다. 사람이 지나가면 자동으로 불빛이 밝아진다. 길을 걷기
가 생각보다 수월치 않다. 침목이 촘촘하게 놓인 까닭이다. 침목 간격
대로 걸으면 종종걸음을 치게 되고 하나씩 건너뛰며 걸으면 간격이 너
무 멀다. 불편하다고 생각하면 불편하다.
하지만 조금 걷다 보면 자기만의 리듬과 스피드를 가지게 된다. 철로를
따라 걷다 보니 걸음은 어느새 능내역에 닿았다. 2008년에 문을 닫았
다. 예쁜 초록색 건물이다. 사진 한 장 찍어두고 싶은 마음이 들게 하는
그런 건물. 즐기며 걷다 보니 이런 예쁜 풍경과도 만났다. 뭘 해야 할지,
어떻게 해야 할지, 어디서부터 잘못됐는지 모르겠다면 팔당역으로 가보
시길. 가서 한나절 철길을 따라 걸어보시길.

그러다 보니 여행은,
어쩌다 보니 인생은

중앙아시아를 여행할 때였지.

캐나다, 미국, 말레이시아, 영국, 일본, 홍콩, 호주에서 온

여행자들과 한 팀이 되었어.

버스를 타다가, 거리를 걷다가, 게스트하우스에서 토스트를 먹다가,

시장에서 과일을 사다가, 할 일 없이 걷다가…

그러다 보니 우린 자주 만났고,

그러다 보니 우린 어쩔 수 없이 친해졌고,

그러다 보니 우린 한 팀이 되어 미니버스를 빌려 함께

사막을 여행하게 되었는데…

그러다 보니 재미있었지.

숨겨온 술을 마시고, 모닥불가에서 노래도 부르고,

샌드보딩도 하며 떠들썩하게 지냈지.

그러다 보니 하루가 가고, 이틀이 가고, 사흘이 갔는데…

그러다 보니 어느샌가 하나둘씩 사라지기 시작하더라구.

난 터키로 갈 거야. 난 발리로 갈 거야. 나도 발리. 난 도쿄로 돌아갈래.

집이 그리워졌어. 난 중국. 중국은 너무 시끄럽지 않을까?

난 남미로 가고 싶어. 거긴 너무 멀어. 다시 12시간을 날아가야 해.

그럼 홍콩은 어떨까? 괜찮은 것 같아. 고마워. 안녕, 잘가.

그러다 보니 결국 이집트에 왔을 땐 나와 일본에서 온

사사키만 남았는데…

이봐, 사사키. 넌 어디로 갈 거야?

음… 일단 홍해 쪽으로 가서 스쿠버다이빙을 해볼까 봐.

좋은 생각이군. 잘 가. 인연이 되면 또 만나겠지.

그러다 보니 결국 사막엔 나 혼자 덩그러니 남게 되었지.

**'여행은 결국 혼자 남는 거고, 어쩌다 보니 인생은 결국
외로움에 익숙해지는 것이고. 그렇지 않아?'**
낙타가 이렇게 말하는 듯했다.

비법

앙코르와트 바욘 사원에 갔었는데 석상의 미소가 너무 좋았다. 아, 정말이지, 그 알 듯 말 듯한 미소가 내 가슴을 마구 흔들어 놓아서 다음날 새벽에 기어이 홀로 다시 찾아갔는데 아무도 없었다. 그 석상과 조용히 눈 맞추고 싶어서, 홀로 홀로 사원을 걸어보고 싶어서, 그것도 맨발로 걸어보고 싶어서 새벽의 바욘에 갔는데 밀물처럼 안개가 밀려 있었다. 수천 마리의 새들이 지저귀는 시간 새벽 다섯 시 삼십 분. 나는 아무도 없는 사원을 맨발로 걸었고, 맨발에 닿는 돌의 감촉이 문득 차가워서 아무도 없는 사원의 공기가 낯설어서 가만히 빈 봉투처럼 그 자리에 서 있곤 했다.

그리고는 한 석상 앞에 멈춰 섰는데 문득 외로워졌다. 이 아름다운 풍경 속에 혼자 서 있다는 게 오히려 외로웠다. 그래서 이렇게 물었다. 외로움을 견디는 비법 같은 것이 있을까요. 석상은 아마도 이렇게 대답했던가. 글쎄 견디는 거… 그냥 견디는 거… 그게 외로움을 견디는 유일한 방법이 아닐까…. 나는 맨발로 서 있었고 숲 위를 뛰어가는 원숭이들의 휘파람 소리가 들려왔다.

나는 가만히 그 소리를 견디고 있었다.

3

사랑에 관해

결정적인

여행과
당신에 관한 하루

오늘도 내게 남은 날들 가운데 하루를 버렸다.
이렇게 생각하면 안 되지만 하기 싫은 원고를 억지로 써야 하는 마감 때
면 어쩔 수 없이 이런 생각이 든다. 손가락이 아프도록 키보드를 두드리
다 잠자리에 들 때면 머릿속에 온통 날벌레들이 날아다니는 것만 같다.
베란다 바깥의 짙은 어둠 속으로 내 속의 무언가를 꺼내 멀리 던지는
것만 같은 기분.
무의미해하면서 한 번 힘껏.
무의미해하면서 다시 한 번 힘껏.
무의미해하면서 또다시 힘껏.

어둠의 저편에서 이렇게 들려온다.
볼~ 볼~ 볼~!
난 껌을 질겅질겅 씹으며 스트라이크존을 찾으려
어둠을 노려본다.
이런 젠장, 어디가 스트라이크존인 거야?
오늘도 정확히 하루만큼 남은 시간이 줄어들었다.
내일은, 정말로!
아무 일도 하지 않고
오직 여행과 당신에 대해서만 생각하는 하루.

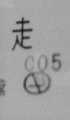

실수에 대하여

실수는 하라고 있는 거지 하지 말라고 있는 게 아니다.
실수 좀 하면 어때?

우리가 갖춰야 할 덕목은 실수를 쿨하게 인정하는 쿨한 마음가짐.

실수는 결국 실수일 뿐이니까.
우리가 지금까지 살아오면서 그렇게 큰, 돌이킬 수 없을 정도의
실수를 한 적은 없잖아.

실수는 용서받기 쉬우며
우리는 실수들 속에서 자라나며
우리는 실수 때문에 생각지 못한 행운과 만나며
실수는 노력하는 자의 특징이니까.

실수란 잘못 주문한 피자 정도.
어차피 먹어버리면 되니까.

어쩌면 지금의 나를 만든 건 실수일지도 모르는 일이니까.

어쩔 수 없는
월요일 아침

미뤄둔 일들은 하나도 사라지지 않았어!

어딘가 매복했다가 갑자기 나를 덮치는 병사처럼

월요일 아침은 언제나 당황스러워.

월요일 아침은 프리랜서도 어쩔 수 없다구.

더 좋은 여행자가
되기 위해서는

더 좋은 여행자가 되기 위해서 가져야 할 마음가짐은
'조금만 조금만 더…'

조금만 조금만 더… 애정을 갖고
조금만 조금만 더… 움직이고
조금만 조금만 더… 자세히 보고
조금만 조금만 더… 웃어주고
조금만 조금만 더… 귀를 기울이고

음, 역시 대단해. 조금만 조금만 더… 감탄하고

나는 아직 세상에 대해 모르는 것이 많구나
조금만 조금만 더… 겸손해지고

그까짓 거 뭐, 일단 가보는 거지.
조금만 조금만 더… 대담해지고

난 이런 거 없어도 돼. 조금만 조금만 더… 심플해지고

내일로 미룰 수 있는 건 내일로 미루자.
조금만 조금만 더… 게을러지자.

유유자적 컴퍼스

나는 컴퍼스 같은 존재면 좋겠다.

연필이나 지우개는 너무 바쁘고
컴퍼스 정도면
가끔 나와서 굉장한 척 일을 해주고
조금은 으스대며 제자리로 돌아가서는
유유자적 세상을 즐길 수 있을 테니까.

좋은 여행이란?

이런 질문을 자주 받는다.
좋은 여행이란?

그러면 이렇게 답한다.
자신의 내면을 넓히는 일, 무언가 깨달음을 얻는 일…
이런 것 다 좋다. 훌륭하기까지 하다. 하지만 이런 것 다 떠나서 좋은 여
행은 현지인들에게 최대한 피해를 주지 않는 것, 그들의 문화를 존중하
고 다른 여행자들과 자연을 배려하는 것. 자아를 찾아 떠나는 나의 여행
보다 길에 쓰레기를 버리지 않는 당신의 여행이 수백 배 더 아름답다.

나도 가끔은

어느 클라이언트가 내게 터무니없는 금액을 제시하며 일을 맡아달라고 했다. 그는 이렇게 말했다.

"아마 이번 일은 당신에게 좋은 기회가 될 거예요. 그러니 열심히 해주세요. 이번 일을 잘해주시면 다음부턴 더 좋은 금액을 드릴게요."

난 일단 생각해 보고 메일로 답을 드리겠다고 말했다. (이미 답은 정해져 있었고 그 자리에서 거절할 수도 있었지만, 매몰찬 거절은 사업에는 좋지 않으니까.)

집으로 돌아와 그에게 메일을 썼다.

'안녕하세요. 제안하신 일은 조금 힘들 것 같습니다. 그리고 전 지금까지 일에 대한 저의 호기심과 즐거움 때문에 열심히 했지, 기회로 삼아야 겠다고 생각해 본 적은 없답니다.'

'더구나 이번 일을 싸게 해주면 다음부터 더 드리겠다는 말을 하는 사람은 도저히 신뢰할 수 없답니다'라는 문장도 덧붙이고 싶었지만 너무 매몰찬 것 같아서 그만뒀다.

메일을 보내고 나니 좀 못되게 굴었단 생각.
나도 가끔은 못돼진단 말이야.

궁금한 밤

잠에서 깨 우두커니 앉아 방을 둘러본다.
침대와 책상과 책장과 보조책상이 있는 방.
커튼에는 단풍나무 그림자가 일렁인다.

조니 미첼을 들으려고 컴퓨터로 향하다가
컴퓨터 화면에 떠 있는 커다란 지구 사진을 보고는 흠칫 놀란다.
아, 이게 내가 살고 있는 별이구나.

가끔 산다는 게 동굴 속에서 마늘을 까먹고 있는 것처럼 느껴질 때가 있다.
그리고 오늘이 그런 밤이다.

나는 컴퓨터를 켜고 항공권 검색 사이트를 연다.
이곳저곳을 클릭하다 나는 내가 여행을 할 수 있다는 사실,
아직도 내가 가보지 못한 곳이 많다는 사실에 잠시 안도한다.

나는 다시 잠을 청한다.
내일 아침, 나는 어디로든 출발할 것이다.

냉담과 과묵

아무것도 가진 것 없는 우리를
돋보이게 만드는 건 어쩌면

약간의 과묵과
더 약간의 냉담인지도 모른다.

143

그러니까
내 말은

그러니까 내 말은, 오늘이 수요일이든 월요일이든 토요일이든,
요일 따위는 상관하지 않고 한 달쯤 지낼 수 있는 곳으로 떠나라는
말이다. 그것도 지금 당장!

가만히 멈춰 서서 심호흡을 하고 머리를 텅 비우는 시간을
가져보라. 새로운 장소에서 새로운 생각이
만들어지기도 하니까. 이럴 줄 알았어, 우물쭈물하다가
이럴 줄 알았지 하고 후회하지 말자.

이런 말하면 좀 그렇지만,
당신은 당신도 모르게 녹이 슬고 있었던 거다.

여행이란, 내 속의 무언가를 필사적으로 끄집어내는 일,
바로 그걸 가능하게 한다. 그런 점에서 여행은 자신에 대한
가장 적극적인 투자이기도 하다.

세상에 가득한
온갖 소리들

눈을 감고 있어봐.

발치로 밀려드는 파도소리,
텐트를 두드리는 빗소리,
숲을 지나는 바람소리,
물고기들이 산호초 사이를 빠져나가는 소리,
절 마당에 떨어지는 새소리,
달팽이가 빗방울에 몸을 썻는 소리,
물푸레나무의 여린 가지가 물가로 기울어지는 소리,
갓 태어난 송아지가 온 힘을 다해서 일어서는 소리,
까마득한 곳 만년설이 서서히 녹아내리는 소리…

여행은 우리가 먼 옛날 잃어버렸던 청각을 회복하는 일.

세상이 얼마나 신비로운 음악으로 가득 차있는지 부디 느껴보시길.

야간열차에서의
중얼거림

나는 지금 야간열차를 타고 있다.
열차는 레일 위를 덜컹거리며 어두운 밤의 한가운데를 통과하고 있다.
창밖으로는 별이 빗방울처럼 스치고

나는 내가 이제 또 다른 인생을 선택할 수 없다는 사실을 알고 있다.
열차가 레일을 따라가듯

나는 내 운명을 따라 캄캄한 미래를 살아나가는 수밖에 없다.
시간이 지나면 이국의 여명이 밝아올 것이고
나는 처음 마주하는 외로움과 새벽 앞에 서있을 것이니

여행은 늘 새로운 아침을 보여주고
인생은 늘 새로운 외로움을 보여준다.

기차는 덜컹이고 나는 주머니 속에 손을 넣어
은화를 만지작거리듯 외로움을 만진다.
그리고는 '나는 아직 살아 있어' 하며 슬며시 미소 짓는다.

여행은

세계의 신비롭고 달콤한 거짓말을 듣는 일.

그것을 사실처럼 믿어버리는 일.

나처럼 무력하고 불완전하고 초라한 사람도

때로는 산다는 게 근사하다고 생각하게 만들어 주는 일.

여행은 혹은

사랑은.

시칠리아 파스타

시칠리아 하면 사람들은 마피아를 떠올리나 보다.
시칠리아로 여행을 가겠다고 했을 때 주위 사람들은
하나같이 이렇게 말했다.
"마피아를 조심해."

그럴 만도 했다. 인터넷으로 시칠리아를 검색하면 마피아와 연관된 항목이 주르륵 올라온다. 영화 〈대부〉의 무대기도 했고 실제로도 시칠리아의 주도인 팔레르모는 이탈리아 최대 마피아 조직의 본부가 있는 곳이기도 하다. 로마에서 시칠리아로 가는 기차 안에서 옆자리에 앉은 이탈리아 노인(약간 마피아 풍이기도 했다)에게 "요즘에도 시칠리아에서는 마피아가 길거리에서 총격전을 벌이기도 하나요?" 하고 물었다.

그는 딱하다는 표정으로 이렇게 대답했다. "그렇지 않아요. 가끔씩 일어나긴 하는데 다 옛날 일이죠." 그리고 덧붙였다. "시칠리아는 이제 이탈리아인들이 여름 휴양지로 즐겨 찾는 곳입니다. 경치 좋기로 유명하거든요." 시칠리아는 노인의 말대로 뛰어난 풍광을 자랑했다. 고대 그리스의 식민도시가 건설되기도 했고 로마와 비잔틴제국, 아랍과 노르만족의 영향을 받아왔던 시칠리아. '혹시 그리스에 온 것이 아닐까?' 하는 착각이 들 정도로 고대 그리스의 유적이 많이 남아 있었다. 세월의 흔적을 고스란히 담고 있는 교회 건물과 고풍스러운 거리들은 평화로운 분위기를 물씬 뿜내고 있었다. 사람들은 친절했고 음식도 맛있었다. 유럽의 어느 곳보다 친절한 사람들과 아름다운 풍경으로 가득한 곳이 바로 시칠리아였다.

또 하나 시칠리아를 여행하면서 행복했던 건 파스타 때문이었다. 팔레르모와 카타니아, 아그리젠토, 라구사, 모디카, 트라파니 등등 한 달 가까이 시칠리아를 여행하며 수많은 파스타를 맛보았다. 그리고 그것들은 지금까지 한국에서는 경험하지 못했던 맛이었다. 시칠리아는 서양에서 최초로 파스타를 전수받은 지역이다. 히말라야 산맥 북부 중앙아시아 지역 유목민족들이 처음 만들어 먹기 시작한 국수는 중국으로 이동하면서 식문화로 발달한다. 그리고 13세기 마르코 폴로가 중국을 여행하고 돌아가는 길에 국수를 가져가는데 이것이 파스타로 '변이'를 일

으켰다고 한다. 물론 이는 가설에 불과하다. 중세사학자 몬타나리가 쓴 『유럽의 음식문화』(주경철 옮김)를 보면 생 파스타는 고대부터 지중해 연안, 중국 등에 널리 알려졌으나, 마른 파스타는 근대에 사막을 이동하는 이슬람인들이 발명했다고 한다. 사막을 횡단하는 오랜 기간 동안 운반과 저장이 쉬운 음식이 필요했고 그러던 차에 건조 파스타를 개발해낸 것이다. 밀가루와 물, 소금을 넣고 만든 반죽을 얇게 밀어서 건조시키는 이 방법은 11세기경 이슬람 상인들이 시칠리아로 건너오면서 이탈리아에도 본격적으로 전해졌다.

시칠리아를 여행하다 보면 시칠리아의 파스타가 매우 다양하며 맛이 자극적이라는 사실을 알게 된다. 시칠리아인들은 스파게티 같은 가는 면 요리는 물론, 독특한 모양의 짧은 파스타도 많이 먹는다. 시칠리아는 목축이 발달하지 않아 육류와 치즈가 귀했다. 그래서 파스타에도 해산물과 채소를 많이 썼다. 맛도 맵고 짜고 다소 자극적이다. 은근히 우리 입맛에 잘 맞는다. 시칠리아에는 정어리의 일종인 사르데(Sarde) 파스타가 유명한데, 올리브오일과 정어리, 소금으로 맛을 낸다. 가지와 리코타치즈로 만든 서민적인 파스타인 노르마(Norma) 파스타도 유명하다. 무엇보다 시칠리아 파스타는 '쿠스쿠스'라는 아랍풍의 요리로 유명하다. 국수류가 아닌, 좁쌀처럼 생긴 것인데 밀가루로 만들기 때문에 파스타로 분류된다. 생선이나 해물의 살과 즙으로 양념하여 만드는 전통 요리다. 이 밖에도 오징어먹물로 만드는 알 네로 디 세피에라는 스파게티 요리도 유명하다. 시칠리아를 여행하고 난 뒤 파스타에 대한 생각은 완전히 바뀌었다. 생크림에 면을 담아주는 수준이었던 한국형 까르보나라는 이탈리아에 존재하지 않았다. 버터와 계란 노른자, 베이컨 약간, 후추와 소금을 뿌린 까르보나라의 맛에 길들여지고 말았다.

시칠리아를 여행한다면 시간을 내 트라파니에 가볼 것을 권한다. 섬 서

북쪽에 위치한 트라파니는 팔레르모나 아그리젠토, 라구사, 타오르미나 등 우리에게 비교적 잘 알려진 시칠리아의 도시들과는 사뭇 다른 풍광을 보여준다. 이들 도시가 바로크풍의 건물들과 그리스의 흔적을 느낄 수 있는 유적지로 가득한 반면 트라파니는 이들 도시에서는 전혀 느낄 수 없는 로맨틱한 풍경으로 가득하다. 그것은 끝없이 이어지는 광활한 염전과 염전 위에 서있는 붉은 기와지붕을 얹은 풍차다. 트라파니로 떠나기 전, 시칠리아 모디카에서 만난 주방장 주세페(그는 이탈리아의 유명한 요리사다)는 자신은 요리를 할 때 반드시 트라파니산 천일염을 사용한다고 했다.

"소금이 음식 맛의 절반이지. 이탈리아에서 가장 질 좋은 소금은 오직 트라파니에서만 구할 수 있어. 파스타 역시 마찬가지야." "한 가지 질문이 더 있어요. 맛있는 파스타를 만들려면 뭐가 가장 필요하죠?" 주세페가 검지손가락을 펴며 말했다. "큰 냄비를 갖추는 것." 이런, 신선한 재료도 아니고 좋은 밀가루도 아니고 고작 큰 냄비라니! 주세페는 이렇게 답하며 눈을 찡긋했다.

"스파게티는 지구 상에 존재하는 국수 중 가장 딱딱해. 이를 제대로 삶기 위해선 기다란 스파게티가 통째로 담기는 냄비가 필요해."

새로운 풍경을 본다는 건 세상에 대한
새로운 의견을 가지게 된다는 것이다.

어부가 아침을
시작하고 있었다

이른 새벽이었다. 어부는 호수를 향해 그물을 던졌고 호수에는 잔잔한 파문이 일어났다. 그물을 던지고 얼마 후 어부는 느린 동작으로 그물을 걸어 올리기 시작했다. 그의 동작은 마치 수도승이 기도하는 것처럼 경건하면서 엄숙했다. 하지만 그가 걸어 올린 그물에는 물고기 한 마리도 걸려 있지 않았다.

어부는 다시 호수를 향해 그물을 던졌다. 호수 저편에서 부드러운 바람이 불어왔고 어부는 호수에 일렁이는 물결을 바라보며 미소 지었다. 그미소는 오랜 세월 이 호수에서 물고기를 잡은 사람만이 만들어 낼 수있는 미소였고, 호수가 필요한 만큼 물고기를 허락한다는 것을 이미 알고 있는 미소였다. 어부는 다시 그물을 던졌고 그 순간, 멀리서 물새 몇마리가 날개를 치며 날아올랐다. 아침이 시작되려 하고 있었다.

세렝게티

세렝게티에 갈 것이다.
가고 말 것이다.
나는 지금까지 완벽한 이방인이 되기를 꿈꿔왔고
그 꿈을 이루기 위해 여행해 왔다.
하지만 런던, 더블린, 카이로, 쿠알라룸푸르, 팔레르모,
상하이, 도쿄, 루앙프라방, 하노이, 방콕, 이스탄불…
그 어디에서도 이방인이 될 수 없었다.

다른 여행자들과 어울려 투어를 떠났고
맥주를 마셔대며 밤을 지새웠다. 조금도 외롭지 않았다.
덧없는 인간의 말을 지껄여댔다.
결국 나는 세렝게티로 떠날 수밖에 없다고 생각했다.
응고롱고로 분화구가 바라보이는 곳에서 커다란 텐트를 치고
하룻밤을 보내는 수밖에는.
플라밍고와 하마, 임팔라, 벨벳원숭이, 가젤, 사자, 하이에나가
우글대는 그곳에서, 단 한 마디도 인간의 말을 지껄이지 않으며
24시간을 보내는 거다. 완벽한 이방인이 되어보는 거다.
세렝게티에서 어쩌면 나의 여행을 완성할 수 있을 것이다.
나는 상상한다.
둥근 눈으로 나를 바라보는, 목이 긴 기린의 우아한 모습을.
기린의 뒤로 커다란 귀를 펄럭이며 늙은 어미 코끼리가 아기 코끼리를
데리고 걸어간다.
코끼리가 지평선 너머로 사라질 때까지 나는 그들의 뒷모습을 바라본다.
곧 해가 질 것이고 세렝게티에는 밤이 올 것이다.
나는 망치를 들고 텐트의 팩을 두드린다.
나는 떠나왔다. 모든 것이 완벽하다.

14킬로그램의 신세

필리핀 마닐라 근교에 타알화산이 있다.
유황 연기가 자욱한 활화산이다.
말을 타고 갈 수도 있고 걸어갈 수도 있다.

필리핀으로 떠나기 전 이런저런 촬영을 핑계로 카메라 장비를
잔뜩 챙겼다.
공항에서 무게를 재니 가방 무게가 14킬로그램이나 됐다.

40도를 웃도는 무더운 날씨에다 무거운 장비를 지고
화산을 오르는 일은 고역이었다.
땀이 비 오듯 쏟아졌고 장비를 멘 어깨는 빠지는 듯 아팠다.
앞서 가던 가이드 레딩은 흘깃 돌아보더니
카메라 가방을 뺏어 자기 어깨에 멨다.
노 프라블럼, 노 프라블럼.
싱긋이 웃는 그의 얼굴에 땀이 반짝였다.
14킬로그램이나 되는 카메라 가방을 멘 레딩은 힘겨워 보였지만,
나와 눈이 마주칠 때마다 웃었다.

아무튼 레딩 덕분에 한결 쉽게 화산에 올랐고
화산 촬영을 무사히 마칠 수 있었다.

고마워, 레딩. 이 신세를 어떻게 갚지?
화산을 내려와 콜라를 나눠 마시며 그에게 말했다.
괜찮아. 내게 진 빚을 다른 사람에게 갚도록 해.
누군가 무거운 짐을 들고 있다면 함께 그 짐을 덜어줘.

외롭고 외로운
동작의 나날들

"나일강이 범람하면 무너지곤 했을 거야."

"무너지면, 또 다시 쌓았겠지."

"그들은 그렇게 수십 년, 아니 수백 년을 반복했을 거야."

"외롭고 외로운 동작의 나날이었겠지."

피라미드 앞에 선 한 쌍의 서양 여행자들의 대화를 들으며 무언가
손잡이 같은 것에 간신히 매달려 있는 듯한 기분이 들었다.

정말 그런 걸까.

외로움이 외로운 동작을 만들어 해발 5,000미터 이상의 고지에
사람을 살게 하고

외로움이 외로운 동작을 만들어 달에서 보이는 성을 쌓게 하고

외로움이 외로운 동작을 만들어 창문마다 화분을 놓게 하고

외로움이 외로운 동작을 만들어 바위에 깎아 얼굴을 새기게 하고

외로움이 외로운 동작을 만들어 갈대로 섬을 만들게 하고

외로움이 외로운 동작을 만들어 달에 닿을 로켓을 만들게 하고

외로움이,

정말 외로움이

외로운 동작을 만들어

인류의 모든 일을 가능하게 한 것인지도.

어디선가 희미하게 꾸란을 읽는 노인의 탁한 목소리가 들려왔다.

어떻게 어떻게 정신

돈이 차고 넘쳐서 여행했던 적은 없었던 것 같다.

항공료를 아끼기 위해 5시간 거리를 14시간 만에 가야 했고
숙박비를 아끼기 위해 더운물도 나오지 않는
게스트하우스에 몸을 뉘어야 했다.
1달러를 아끼기 위해 1km를 걸어야 했었다.

언제나 돈에 쪼들렸지만
언제나 떠났다.

그런데 신기한 건,
일단 길을 나서면 모든 것은 '어떻게 어떻게' 해결된다.
돈이 없어 여행을 멈춘 적은 없었던 것 같다.

평생을 여행해 오면서
여행자가 갖춰야 할 가장 중요한 덕목은 '어떻게 어떻게' 정신.

그러니 당신도 일단 시작해 보길.
어떻게 어떻게 될 것이다.

새벽녘 카이로의 르 메르디앙 호텔을 출발한 도요타 랜드크루저는 남서쪽으로 5시간을 달려 정오 무렵 바하리야 오아시스에 도착했다. 우리는 샌드위치로 간단히 점심을 때우고 약간의 휴식을 취한 후, 트렁크에 물과 쌀을 싣고 길을 나섰다. 천장에 텐트와 매트리스, 이불 등 야영에 필요한 장비들을 잔뜩 실은 랜드크루저는 지평선 너머로 끝없이 이어지는 지루한 아스팔트 길을 따라 시속 120km의 속도로 달렸다. 사막 위 드문드문 송신탑이 신기루처럼 보였다. 덜컹거리는 창문 틈 사이로 입자가 굵은 모래알갱이들이 날아들어와 뺨에 달라붙곤 했다.

사막, 귓가에는
지난밤의 북소리가 어지럽고

'르다'는 친절했다. 8년째 사막 가이드로 일하고 있다는 그는 운전하는
내내 콧노래를 흥얼거렸다. "전통을 지키며 사는 건 좋지만, 음… 그건
선택 사항이지. 난 낙타를 타며 양을 치는 것보다는 관광객을 싣고 랜드
크루저를 모는 것이 더 좋아." 베두인족인 르다는 호텔을 출발하기 전
"사막 가이드 가운데 내가 최고야"라며 엄지손가락으로 자신의 가슴을
가리켰다. "오늘은 백사막에서 하룻밤 야영을 할 거야. 멋진 밤이 될 테
니까 기대하라구." 이집트를 찾은 여행자들 가운데 많은 이들이 카이로
에 내리자마자 사막으로 향한다.

피라미드와 스핑크스를 제쳐놓고 이들이 사막으로 향하는 이유는 단 하나다. 사막에서의 캠핑을 경험하기 위해서다. 바하리야 지역에는 두 개의 사막이 있는데 흑사막과 백사막이다. 이름 그대로, 흑사막은 검은 모래로 덮여 있고 백사막은 하얀 석회암 모래로 덮여 있다.

바하리야 오아시스에서 1시간여를 가니 흑사막이 나타났다. 주변은 온통 검은빛 평원이었다. 평원 위에는 울쑥불쑥 삼각형의 산들이 서있었다. 르다가 손가락으로 산을 가리키며 말했다. "볼캐닉 마운틴."

"옛날, 엄청나게 큰 화산이 폭발했지. 화산재가 날려와 사막을 덮었어."

르다는 차를 세웠다. 직접 밟아본 흑사막은 딱딱했다. 사막의 모래는 부드러울 것이라는 예상과는 딴판이었다.

"모래에 철광석이 많이 남아 있어. 모래 알갱이가 아니라 돌멩이에 가깝지."

르다는 아이 주먹만 한 모래 알갱이를 손에 쥐며 이렇게 말했다.

"바람이 화산재를 쓸어 모았고 시간이 흘러 거대한 산들이 만들어졌지. 시간만큼 위대한 예술의 창조자는 없어."

산에 오르기는 어렵지 않았다. 20분 정도 발품을 팔면 된다. 등에 땀이 밸 무렵 정상에 도착했다. 꼭대기에 오르니 흑사막 전체를 조망할 수 있었다. 피라미드를 닮은 삼각형의 검은 산들이 들판에 서있는 모습이 경이롭게 느껴졌다. 아래에서 보던 풍광과는 사뭇 달랐다.

"화성에 가본 적은 없지만, 마치 화성에 온 것 같아. 내 짧은 묘사력으로는 이렇게밖에 말할 수 없어."

정상에서 만난, 클레어라는 아일랜드 배낭여행자는 이렇게 말했다. 일주일 전 이집트에 도착했다는 그녀는 카이로 시내와 기자지구의 피라미드를 본 후 사막으로 투어를 왔다고 했다. 그녀는 전날 백사막에서 캠핑을 했고 카이로로 돌아가는 길에 이곳 흑사막에 들렀다고 말했는데, 그녀가 이집트에서 보낸 일주일을 설명하는 동안 도대체 '어메이징'이라는 말이 몇 번이나 나왔는지도 모르겠다.

"오늘 밤 백사막에서 하룻밤을 보낸다지. 어메이징! 정말 멋진 경험이 될 거야. 네가 평생 본 것보다 더 많은 별을 오늘 밤 보게 될 거야."

흑사막에서 나와 다시 차를 몰았다. 르다는 이 길을 계속 따라가면 아스완을 거쳐 수단에까지 이른다고 했다. 1시간여를 달렸을까? 르다가 차창 앞으로 손가락을 가리켰다. 백사막이었다. 사방에 버섯처럼 생긴 흰 바위들이 서있었는데 큰 것은 높이가 10m 이상인 것도 있었고 작은 것은 2m 정도인 것들도 있었다. 낙타를 닮은 바위, 아이스크림콘, 말, 버섯 등을 닮은 기암괴석들이 벌판 위에 우뚝 서있었다.

"웰컴 투 알래스카."

르다가 환하게 웃으며 말했다.

"백사막은 흰 모래 때문에 알래스카라고 부르기도 해."

르다가 눈을 찡긋했다. 백사막의 모래는 흑사막과는 판이하다. 흑사막의 모래가 철 성분이 많은 반면 백사막의 모래는 석회질 성분이 많이 함유되어 있다. 모래를 만지면 마치 분필가루처럼 하얀 성분이 묻어난다. 백사막에 도착했을 때는 노을이 질 무렵이었다. 그리고 그것은 분명 행운이었다. 지금까지 본 가장 아름다운 노을이었다. 하늘은 노랑으로 물들어가다 서서히 주홍빛으로 변해갔고 금세 붉게 물들었다. 노을은 사막을 삼켜버리기라도 할 듯 활활 타올랐다. 르다는 텐트를 치고 요리 준비에 한창이었다. 불을 지피고 야채를 다듬고 냄비에 쌀을 붓고 끓이는가 하면 발이 달린 석쇠를 모래 위에 올려놓고 치킨 바비큐를 만든다고 분주했다.

식사 준비를 마치고 자동차 헤드라이트를 켜고 상에 둘러앉아 '사막 위의 식사'를 했다. 가끔 모래가 씹히기도 했지만 맛있었다. 식사 후에는 한바탕 축제가 벌어졌다. 모닥불에 둘러앉아 함께 춤을 추고 북을 두드리며 노래를 불렀다. 어딘가에서 꿈결처럼 노랫소리가 희미하게 들려왔다. 자세히 들어보니 영어와 프랑스어, 일본어, 러시아어가 뒤섞여 있었다. 사막에서의 하룻밤을 위해 먼 길을 달려온 세계 각국의 여행자들이 만들어 내는 소리였다. 노랫소리는 마치 환청처럼 들렸다. 아, 그리고 별. 어느 순간 하늘에 가득 차오르던 별. 별은 손으로 털면 후두둑 하고 떨어질 것처럼 가까이 떠있었다.

별을 바라보며 사막 위에 몸을 뉘었다. 내 몸을 관통했다가 언제가 사라져 버린 내 삶의 모든 충일한 순간들을 하나씩 호명해 보았다. 사막의 마른 하늘을 가득 덮고 있던 별 무더기 아래서 그리고 그 별빛들이 분분히 날리던 어느 밤 속에서 나는 잠시 생활을 잊고 여행을 살았다. 어느덧 잠이 들었나 보다. 텐트 속에서 잠이 깼다. 사막이라 한기가 느껴진다. 시계를 보니 새벽 5시. 텐트 밖으로 나오니 별천지다. 하늘 한편에는 그믐달이 비현실적으로 떠있다. 하지만 이것은 분명 현실이다. 멀리 동쪽 하늘이 밝아온다. 일출이 시작되려나 보다. 곧 기묘한 바위 뒤로 붉은 햇덩이가 솟아오를 것이다. 사막에서 맞는 아침. 지평선 너머에서 건조하고 차가운 바람이 불어와 뺨을 어루만진다. 텐트 앞에는 지난밤 다녀갔던 사막여우의 발자국이 어지럽다.

황량하고 거친 사막과 같은 우리네 인생에서 여행은 어쩌면 신이 숨겨놓은 오아시스 같은 것인지도 모른다. 그리고 우리는 그 오아시스에서 목을 축이기 위해 하루하루를 연명해 가는 가련한 낙타인지도. 귓가에는 지난밤의 북소리가 여전하고 여기는 백사막이다.

여행에 관한
두서없는 중얼거림

어두운 밤, 5달러짜리 게스트하우스를 찾아 골목을 헤매며
생각한다. 나는 왜 또 떠나왔나.
나는 왜 불편과 불안을 자처하는가. 어쩌면 여행은
좀 더 살아 있고, 사랑한다는 증거. 나는 세상과 불화하고 세상은
나를 불편해할지도 모르지만 여행… 그건,
내가 세상 속에 좀 더 살아 있으려 세상을 좀 더 사랑하려 한다는
애절한 확인. 그러니까, 나는 여행을 하며
천천히 늙어갈 것이고 여행, 그러니까 그건,
내가 세상을 건디는 나만의 방식인지도 몰라. 아니…
내가 세상을 '지나가는 혹은 스쳐 가는' 나만의 방식인지도 몰라.
아니… '세상이 아닌 당신'을 건디는
그래 당신을 건디는…

여행이 아니었다면
눈을 질끈 감는다

내가 지나왔던 길들,
나에게 어깨를 빌려주었던 당신들이며
나에게 그늘을 만들어 주었던 나무들이며
내 귓전에 음악처럼 머물렀던 강물 소리
호이안의 골목을 부르렁거리던 오토바이 소리를 떠올리면
아직도 가슴이 뛴다.

우리는 우연히 서로에게 닿았지만
어쩌면 우리의 우연은 영원일지도 몰라.

여행이 아니었다면
아, 정말로 여행이 아니었다면
나는 어떻게 그리워하는 것들을 만들 수 있었을까.

이 순간이
진짜

어쩌면 지금의 이 순간을 위해
평생을 살아온 것 같은 기분을 느낄 때가 있다.
가령, 당신과 함께 홋카이도의 붉은 노을을 바라보며
삿포로 클래식을 마시는 이런 순간.
미루나무들은 천천히 흔들리고
멀리서 사슴들의 울음소리가 들리지.

우리가 출근하고 점심 먹고 퇴근하는 그 세상이 진짜가 아니라

이 순간이 바로 진짜지.

당신은 최선을 다해
행복해라

당신을 행복하게 해주기 위해 무던히 애썼지.
그래서 열심히 일했어.
야근도 하고 아르바이트 삼아 원고도 많이 쓰고 그랬지.
그래서 차도 사고 옷도 사고 외식도 하고…
그럼 당신이 행복해할 줄 알았어.

당신이 행복하면 나도 행복할 것이고
그럼 우리도 행복해지겠지… 이렇게 생각했어.

아, 그런데 그게 아니었어.
내가 행복해야 우리가 행복해지는 것이었어.
우리가 행복하면 당신도 자연스럽게 행복해지는 거고.

난 이제 나 스스로가 행복해지려고 노력하고 있어.
나를 위해 운동도 하고 여행도 하고 그런다.
그러니 당신도 당신의 행복을 위해 살아라.
'당신을 행복하게 해주기 위해 내가 얼마나 희생했는지 알고 있어?'
우린 서로에게 이런 말은 하지 말자.

우린 서로가 행복한 모습을 만나면 되는 거야.

당신과 나의
목록들

여행을 떠나와 예쁘고 오래된 골목을 걷고 있으면 좋았다.
맛있는 음식을 먹고 있으면 좋았다.
신나는 공연을 보고 있으면 좋았다.
혼자서라도 마냥 좋았다.

아, 그런데 요즘 들어선 이상하다.
예쁜 골목을 걷고 있으면
맛있는 음식을 먹고 있으면
신나는 공연을 보고 있으면
당신이 생각난다.
당신과 함께 골목을 걷고 싶고
당신과 함께 음식을 먹고 싶고
당신과 함께 공연을 보고 싶다.

그럴 때마다 지도에 붉은 점 하나씩을 찍어둔다.

크로아티아 모토분의 오래된 골목길 걷기
시칠리아 라구사에서 파스타 맛보기
아일랜드 더블린에서는 거리 악사들의 공연 구경하기
벚꽃잎 날리는 교토 거리 걷기
루앙프라방 메콩강의 노을을 바라보며 맥주 마시기
.
.
.

당신과 내가 이루어 나가야 할 여행의 목록들
삶의 목록들.

꽃 한 송이 때문에

꽃 한 송이 때문에
길을 멀리 돌아갈 수도
있는 것이다.

이과수 폭포 앞에서

우린 누구나 이런 풍경을 마주할 자격이 있어.
우린 지금까지 힘껏 달려왔으니까.
많이 울었으니까.

자신을 먼저

터키 이스탄불
보스포루스해협 앞에서
아프리카 소녀 레임이 말했다.

초이, 당신은 당신을 사랑하는군요.
여행을 좋아하니까요.
여행을 많이 다닌 사람만이 자신이 얼마나 대단하고 이 세상에서
얼마나 쓸모 있는 존재인지 알고 있죠.

타인을 사랑하기 위해선 자신을 먼저 사랑할 것.
자신을 사랑하는 방법으로 여행도 그다지 나쁘지 않다.

서른 살이 되던 해
마음먹은 것

먼저, 나만의 리듬과 스피드를 가질 것.
모든 사람이 30대에 성공할 수는 없잖아.
모든 사람이 모차르트일 수는 없잖아.
나만의 리듬과 스피드로 꾸준히 나아가는 것.
인생은 장거리 경주니까.

그리고 하나 더.
좋은 습관을 가지도록 노력할 것.
'나는 내가 지닌 습관이다'라는 말을 가슴에 새길 것.
바른 자세로 걷고
밥은 천천히 먹고
상대방의 말을 경청하고,
메모하는 습관을 가질 것.

여기에 하나만 더.
즐기려는 마음가짐을 조금 보탤 것.

다시 한 번
어쨌든

지금까지 내가 벌였던 모든 일은
나다운 일이었고
내가 선택한 일이었다.

물론 후회를 안 할 수는 없다.
그래도 웃자.
후회도 웃으며 하자.

어차피 삶은 앞으로 나아가도록
설계되어 있으니까.

4

자신을

사랑하는 법

난 당신과
다른 톱니바퀴야

지금까지 부자가 되어야만 잘 살 수 있다고 생각해 왔다.

그리고 그렇게 배워왔다.

하지만 여행을 다녀보니,

우리의 출발선은 애초부터 달랐고 (모두가 같은 지점에서 출발한다는

멍청한 말을 믿는 사람이 아직도 있단 말이야?)

우리가 신고 있던 신발도 달랐고

트랙의 길이도 달랐고

주위를 둘러싼 환경도 모두 달랐고, 모든 것이 달랐다.

그게 결국 자본주의였다.

부자가 되기 위해서가 아니라 단지 살아남기 위해서

우리는 발버둥쳤던 것이다.

그런데 요즘 들어선

이런 시스템에서 아예 벗어나는 것도 이런 모순을 해결하는

한 방법이라는 생각이 든다.

굳이 시스템 안에서 그 시스템에 적응하려고 애쓰며

멸시와 치욕을 견디면서 작은 나사로 살고 싶지 않다.

그러니까 쉽게 말하자면 난 당신의 톱니바퀴를 굴러가게 하기 위한

나사가 아니었던 거다.

난 당신과 다른 톱니바퀴였던 거야.

내 방식대로 살아갈 것이고, 그건 피하는 게 아니다.

꿀릴 게 없다는 것이다.

그러니까 난 떠날 거다.

자신을
사랑하는 법

자신을 사랑하려면
좀 뜬금없지만
독서와 하루에 원고지 3매씩 글쓰기, 여행을 해볼 것을 권장한다.
(물론 내 방식이다.)

책읽기는 자신만의 시간을 만들어 준다.

10분이든 1시간이든

하루종일이든 책을 읽어라. 장소는 아무 곳이나 상관없다.

혼자 고요히 앉아 책을 읽다 보면 자신이 꽤 괜찮은 존재라는 생각이

들기 시작할 것이다.

그리고 원고지 3매씩 글쓰기.

글쓰기는 스스로를 상상하고 정리할 수 있게 해준다.

주제는 상관없다. 일기도 좋고 영화평도 좋고 독서평이나

음악평도 좋다. 그냥 에세이 혹은 글이라고 불러도 무방할 종류라면 무

엇이든 자유롭게 써보시길. 자신이 어떤 생각과 가치관,

세계관을 가지고 인생을 살아가는지 알 수 있을 테니까.

마지막으로 자주 여행을 다녀라.

견문을 넓힐 수 있고 많은 경험을 할 수 있다.

여행은 수많은 장점을 가지고 있다.

이 모든 장점에 하나를 더하라면, 여행은 자신을 아는 가장 좋은

방법이라고 말하고 싶다. 여행은 우리가 모르고 있던

우리 자신(우리가 어떤 마음을 가지고 있고 어떤 취향을 지니고 있는지,

자신의 현재 몸 상태는 어떤지 등등)에 대해 확실히 알려준다.

여행을 통해 자신을 관찰해라. 당신은 당신이 생각하는 것보다

훨씬 멋진 사람일 수도 있다.

그리고 무엇보다 이 세 가지는 우리를 좀 더 느리게 만들어 준다.

우리가 안고 있는 여러 가지 문제는 어쩌면 우리가 너무 바쁘게 살기

때문에 생기는 건지도 모른다.

책 읽고
쏘다니는 일

내게 주어진 시간을 가장 잘 사용하고 있다고 느낄 때는

도서관에 있을 때.
덜컹거리는 기차를 타고 어딘가 미지의 곳으로 향하고 있을 때.

틀어박혀 책 읽고
밖으로 나가 쏘다니는 일.

어쨌든 인생엔 그게 가장 유익해.

선택과 포기
그리고 집중

사업가로, 소설가로, 여행작가로, 사진가로,
요리사로, 주위에 성공했다고, 나름 인정받고
자리 잡았다고 평가받는 사람들이 있다.

그들의 공통점은 최소한 10년 넘게 그 일에 집중했다는 것.
어려운 과정을 지나왔지만 포기하지 않았다는 것.
그 하나를 위해 다른 수많은 것들을 포기했다는 것.
그건 어쩌면 시간일 수도, 돈일 수도, 사람일 수도 있겠지.
그들은 그것을 잃어버릴까 두려워하지 않았다는 것.

선택과 집중.
선택하고 포기하고 집중하라.
인생은 결국 무엇을 선택하고 무엇을 포기하는가의 문제다.

사랑과
여행의 공통점

사랑과 여행의 공통점은

세상을 설명해 주지 않지만
이해할 수 있게 도와준다는 거야.

인생의 황금비율

인생의 90%는 리얼리스트로 살자.
나머지 8%는 모더니스트로
2%는 미치광이로.

8%가 우리 인생을 즐겁게 해주고
2%가 우리 인생을 가능하게 해준다.

똑딱이가 좋아요

난 커다란 카메라를 가지고 있다.
하지만 어째서인지

내가 갖고 싶은 건 언제나
똑딱이 카메라다.

숨어 있기 좋은 섬

가거도와 만재도라는 섬이 있다. 뭍에서 아주 멀리 떨어져 있다. 전남 목포에서 쾌속선을 타고 4시간 이상을 가야 한다. 예전에 이 두 섬을 오가며 보름 정도 머물렀다. 목적은 딱히 없었다. 취재를 위해 머물렀던 것도 아니고 휴가를 간 것도 아니었다. 그래도 계속 이유를 캐묻는다면, 취재도 아니고 휴가도 아니면서 그렇게 먼 곳까지 간 이유가 무엇이냐고, 그 작은 섬에서 왜 보름씩이나 머물렀냐고 따져 묻는다면, 글쎄 어떻게 대답해야 할까.

어디든 도망치고 싶었는데, 하필 내가 도망친 곳이 가거도와 만재도였다고 해두자. 가거도의 경치가 끝내주게 좋아서라든지, 만재도의 돌담길이 정말 멋있어서라든지, 만재도의 돌멍게가 맛있어서라든지, 이런 구체적인 이유는 댈 수 없다. 굳이 하나 이유를 대자면 목포에서 배를 타고 4시간 이상을 가야 하는 아주 먼 섬이라는 사실, 그뿐이다.

이들 두 섬에 대한 '디테일'은 대략 다음과 같다. 가거도는 우리나라 최서남단에 위치한 섬이다. 뱃길이 워낙 멀고 험해서 '가도 가도 뱃길이 끝나지 않는 섬'이라고도 하고, 중국과 가까워서 '중국 땅의 닭울음소리가 들리는 섬'이라고도 한다. 실제로 가거도와 중국 상하이 간의 직선거리는 435km로 서울까지 오는 길과 비슷하다.

만재도는 가거도에 비해 지리적으로는 가깝다. 하지만 뱃길은 더 멀다. 배가 흑산도, 홍도, 상태도, 하태도, 가거도를 거쳐 만재도에 닿기 때문이다. 가거도에서 만재도까지는 1시간을 더 가야 한다. 두 섬은 참 예쁘다. 가거도에는 독실산이라는 산이 섬 한복판에 솟아 있다. 해발 639m. 후박나무와 구실잣밤나무, 동백나무 등이 빽빽하다.

만재도는 작은 섬이다. 고작해야 50여 가구에 100여 명이 산다. 만재도(晚才島)는 '재물이 많은 섬'이란 뜻. 1960년대까지는 가라지(전갱이과) 파시가 형성돼 섬의 이름값을 했다. 그러나 그런 호시절이 지난 지 오래다. 지금 만재도는 선착장에 배를 댈 수조차 없다. 바다가 얕기 때문이다. 쾌속선이 바다에 멈추면 조그만 연락선이 승객을 태우러 온다. 섬의 동쪽에서 기적이 울리면 쾌속선이 보이지 않아도 연락선은 서둘러 바다로 마중을 나간다. 두 섬에 머물며 딱히 공들여 했던 일은 별로 없었다. 아침이 오면 아침밥을 먹고 점심 때는 점심을 먹었다. 저녁이면 미역을 안주 삼아 막걸리를 마시거나 소주를 마셨다. 산책을 나가거나 민박집 마당의 염소와 놀았다. 만재도에서는 가끔 해녀 할머니들이 물질하는 것을 구경하러 배를 얻어 타고 나가기도 했는데, 그때마다 해삼이며 멍게 따위를 실컷 얻어먹었던 것 같다.

잠 오지 않는 밤에는 연필로 글을 썼던가. 이를테면 바람에 펄럭이는 철 지난 달력과, 적당히 기울어진 전봇대, 창에 어룽대는 후박나무잎, 칠이 벗겨진 자전거, 지직거리며 들려오는 라디오 소리 같은 것들에 대해… 기억이 까무룩하다. 어쩌면 그것들에 대해 글을 쓰며 아, 우리네 생은 이토록 사소한 것들이 모여 만들어지는구나, 어쩌면 이것들이 전부일 수도 있겠구나, 하는 기특한 생각을 했던 것 같기도 하다.

어쨌든 어느 가을, 나는 모처의 섬에서 보름 정도 숨어 있었는데, 마음은 여유로웠고, 한적했으며 가끔 외로웠다. 그리고 이 글을 쓰고 있는 지금, 그 시간을 약간 그리워하고 있다. 내 인생의 보름은 그 섬에 소속되었다, 라고 말해두고 싶다.

오해와 진실과 '설마'
그리고 진심

가끔 우리는 우리가 너무 착하기 때문에 인생에 실패했다고 여긴다.

우리가 여기까지 온 건 서로를 사랑해서가 아니라 서로의 단점을 참아 줬고 약간은 포기했기 때문이다. 설마 아직도 세상은 혼자 살아가는 것이라고 믿는 건 아니겠지?

미안하지만, 때론 당신과 함께 있는 시간보다는 혼자 빨간 소시지를 안주 삼아 삿뽀로를 마시며 맨유와 아스날의 경기를 보는 게 훨씬 행복하다.

자그레브역에서의 중얼거림

가끔 인생이 12회 말의 야구처럼, 영원히 끝나지 않을 것만 같은 지루한 게임처럼 느껴질 때가 있다. 승패 따위에는 관심이 없어진 지 오래. 이 지난한 게임을 끝내고 오랫동안 샤워를 한 후 차가운 맥주를 목구멍 속으로 쏟아 붓고 싶은 생각만 간절한, 어느 고독한 투수의 12회 말. 너도밤나무 가지에 걸터앉은 올빼미조차 하품을 하는 그런 12회 말의 무더운 밤. 투수는 글러브를 내팽개치고 질겅질겅 껌을 씹으며 마운드를 내려오는 거다. '에이, 나 안 할래.' 감독을 향해 살짝 고개를 숙인 뒤, 더그아웃 복도를 성큼성큼 걸어가는 거다. 경기장을 빠져나온 투수는 이제 다른 인간이 되어보기로 한다. 야구가 아닌, 뭔가 더 근사한 일을 해보기로 한다. 그러기 위해 가장 먼저 한 일은 현실적인 차림으로 갈아입는 일. 유니폼을 벗고 베이지색 폴로 셔츠에 짙은 갈색 치노바지로 갈아입은 그는 어디론가 향한다. 손에는 샘소나이트 여행가방을 들고 있다. 지금까지 내가 이렇게 살아왔던 건 내 책임이 아니었어. 야구 따위는 나랑 애초부터 맞지 않았어. 투수는 난생처음 불평을 해본다. 투수는 지금 자그레브역에 서있다. 곧 그를 태우고 떠날 열차가 플랫폼에 도착할 예정이다.

주말 마감

주말 마감은 싫다. 그래도 어쩌랴.
하기 싫은 일을 해야만 내가 하고 싶은 일을 할 수 있는 것을.
친구들과 술도 마시고, 카메라도 사고, 여행도 다니고…
내가 하고 싶은 일은 내가 하기 싫은 일을 하는 것에서부터 시작한다.

오늘은 토요일, 여기는 도서관.
나는 '내겐 애초부터 재능 따위는
없었는지도 몰라.' 이렇게 생각하며 열심히 자판을 두드린다.
어차피 그것 말고는 할 일이 없는 토요일이니까.

어쨌든

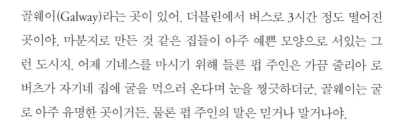

골웨이(Galway)라는 곳이 있어. 더블린에서 버스로 3시간 정도 떨어진 곳이야. 마분지로 만든 것 같은 집들이 아주 예쁜 모양으로 서있는 그런 도시지. 어제 기네스를 마시기 위해 들른 펍 주인은 가끔 줄리아 로버츠가 자기네 집에 굴을 먹으러 온다며 눈을 찡긋하더군. 골웨이는 굴로 아주 유명한 곳이거든. 물론 펍 주인의 말은 믿거나 말거나야.

어쨌든, 골웨이에서 페리를 1시간 정도 타면 이니시 모어(Inis Mor)라는 섬에 갈 수 있어. 제주도와 닮은 섬이야. 돌담이 끝없이 이어지고 해안 반대편 언덕의 푸른 초지에는 말과 소들이 풀을 뜯고 있지. 주민들은 마차를 타고 나들이를 다녀. 아주머니들은 창문을 꾸미는 데 아주 많은 시간을 들이지. 이 섬에 일주일 정도 머문 적이 있어. 그래야 했던 특별한 이유는 없어. 세상에는 '나'라는 여행자가 일주일 정도 머물기에 적당한 섬이 있는데, 이니시 모어가 그런 섬이었던 것 같아. 일주일 동안 자전거만 탔어. 돌담길 사이를 두 바퀴를 굴리며 다녔지. 특별히 할 일이 없었거든. 내가 평생 동안 자전거로 달린 길의 길이보다 더 많은 길을 다녔지. 아참, 당근 케이크와 당근 수프도 빼놓을 수 없지. 이니시 모어의 별미인데, 아주 지겹도록 먹었어. 내가 피터 래빗이 되어가고 있는 것 같다는 생각이 들 정도였거든.

어쨌든, 여행자들이 이 작은 섬으로 찾아드는 이유는 클립스 오브 모어 (Cliffs of Moher)를 보기 위해서야. 아주 거대한 절벽이지. 아일랜드 관련 여행책자나 사진에 빠지지 않고 등장하는 곳인데 길이가 무려 8km, 높이가 300m에 달한다고 하더군. 나 역시 클립스 오브 모어를 찾았지. 거기 말고는 딱히 갈 만한 곳이 없었거든. 클립스 오브 모어에 대해 설명하자면 바다에 깎아지른 듯 수직으로 서있는 거대한 절벽이야. 쉴 새 없이 커다란 파도가 몰려와 절벽을 때리지. 내 모자라는 글솜씨나 사진으로 클립스 오브 모어의 장엄함을 전달하기에는 역부족이야. 직접 보라는 말밖에는 달리 설명할 도리가 없어. 재미있는 건, 클립스 오브 모어에는 펜스나 울타리 같은 어떠한 안전장치도 없다는 사실. 절벽 끝에 'Please, Do not go this point'라고 쓰인 안내판만 달랑 서있을 뿐이야. 비교적 담이 큰 여행자들은 절벽 끝에 납작 엎드려 절벽 아래 풍경을 감상하기도 하지. (서서 내려다보다가 절벽 밑으로 떨어지는 사람들이 1년에 몇 번씩은 꼭 있다더군.)

다시 어쨌든, 케이트를 만난 건 절벽 끝에서였지. 그녀는 자전거를 타고 아일랜드를 여행 중이라고 했어. 그녀는 나를 보고 이니시 모어 같은 촌구석에서 일주일 동안이나 묵고 있는 동양인 여행자를 만나게 되리라고는 상상도 하지 못했다고 하더군. 나 역시 클립스 오브 모어 끝에 자전거를 세워놓고 태연스럽게 걸터앉아 있는 금발의 여행자를 만나리라고는 상상도 하지 못했다고 말했지.

어쨌든, 우리는 절벽을 내려와 펍에서 함께 기네스를 마셨지. 남자친구
와 헤어졌다더군. (혼자 떠나는 가장 큰 이유는 언제나 사랑이지.)

내가 말했어.
"빌어먹을 놈의 사랑."
그녀가 말했지.
"고마워."
내가 말했어.
"당신 같은 사람을 차버리다니, 그놈은 정말이지 멍청하군."
"뻔한 위로지만, 어쨌든 고마워."

어쨌든, 우리는 맥주를 마셨고, 엉망으로 취했고, 그녀는 울었던 것도 같
고 내가 잠시 어깨를 빌려줬던 것도 같아. 떠나간 사랑을 잊기에 이곳보
다 더 좋은 곳이 어디 있겠어. 절벽과 파도 그리고 비바람. 사실 나 역시
누군가를 잊기 위해 지구 반대편까지 날아와 하루종일 자전거를 타고
쏘다니고 절벽에 우두커니 앉아 있는 거였거든. 누구나 살면서 '반드시'
잊어야 할 사람 한 명씩은 꼭 있기 마련이니까. 어쨌든. 어쨌든.

런던에서 에든버러로 가는 기차 안은 추웠다. 에어컨을 너무 세게 틀어
놓은 탓이었다. 손이 시렸다. 기차가 출발하려는 순간 정장을 입은 한
동양 여인이 허겁지겁 뛰어와 옆자리에 앉았다. 아임 쏘리. 그녀는 피곤
해 보였다. 눈은 충혈돼 있었고 이마는 어두웠다. 그녀는 자리에 앉자
마자 노트북을 꺼내 자판을 두드렸다. 무척이나 급한 일을 처리하는 것
같았다. 자주 오타가 났고 그녀는 짜증스러운 듯 신경질적으로 삭제 키
를 눌렀다. 화면을 바라보는 내내 자주 미간을 찌푸렸다. 얼마나 지났을
까. 그녀는 결국 일을 마친 모양이었다.

기차는 에든버러의
가을을 달렸다

노트북을 덮은 그녀는 콘택트렌즈를 빼고는 탁자에 얼굴을 파묻었다. 하지만 몇 분 뒤 일어난 그녀는 가방을 뒤적여 크래커를 꺼냈고 생수와 함께 먹기 시작했다. 식사도 거른 모양이었다. 그리고 다시 탁자에 얼굴을 파묻은 그녀. 흘러나온 머리카락이 그녀의 얼굴을 덮었다. 민소매 옷을 입은 그녀의 어깨는 얇고 갸날팠다. 파르르 떨렸다. 나는 내 가디건으로 그녀의 어깨를 덮어주었다. 그리고 그녀, 그녀는 내 손을 잡았다. 플리즈. 기차는 덜컹댔고 우리는 몇 분 동안 서로의 손을 잡고 앉아 있었다. 에든버러에 가을이 오고 있었다.

이스트라 반도의 세 도시
모터분, 포레치, 로비니

군이 스파르타식으로 여행을 할 필요가 있을까. 크로아티아 자그레브 중앙역에서 만난 어느 여행자의 촘촘한 여행 스케줄을 보며 이런 생각이 들었다. 자그레브를 출발해 크로아티아의 여러 도시들과 슬로베니아, 체코로 이어지는 그의 스케줄 노트는 분 단위로 빡빡하게 짜여 있었다. 크로아티아를 처음 여행한다는 그의 얼굴은 이번 기회에 크로아티아의 모든 것을 다 보고야 말겠다는 결의에 가득 차있었다. 하지만 그는 곧 그 계획이 무모했다는 것을 깨닫게 될 것임이 분명했다. 왜냐하면 자그레브를 떠난 그의 여정은 크로아티아 서쪽에 자리한 이스트라 반도의 여러 도시로 이어지고 있었는데, 그곳에는 여행자의 혼을 쏙 빼놓을 만큼 아름다운 도시들이 즐비했으니까.

이스트라 반도는 우리에게 그다지 알려진 지역이 아니다. 가이드북에서 구할 수 있는 정보는 수도 자그레브와 아드리아의 진주라 불리는 두브로브니크 그리고 플라트비체 국립공원 정도다. 이스트라 반도는 아직 국내여행자들에게는 미지의 지역으로 남아 있는데, 그나마 조금 알려진 곳이 풀라(Pula)다. 이스트라 반도의 최대 도시이기도 한 풀라는 18세기 말까지 베니스, 합스부르크, 헝가리의 지배를 받기도 했다. 시내 곳곳에는 원형에 가깝게 보존된 콜로세움을 비롯해 고대 로마시대의 유적이 많이 남아 있다.

풀라와 가까운 모토분(Motovun)은 해발 277m의 절벽에 자리 잡은 작은 마을이다. 영화 마니아들 사이에서는 모토분 국제영화제로 알려져 있다. 까마득한 절벽 꼭대기에 자리 잡은 탓에 멀리서 보면 마치 공중에 떠있는 섬처럼 보인다. 아니나 다를까, 모토분은 미야자키 하야오의 애니메이션 〈천공의 성 라퓨타〉의 모델이 된 마을이라고 한다. 미야자키 하야오는 크로아티아에서 오랫동안 머물렀는데 〈천공의 성 라퓨타〉를 비롯해 〈붉은 돼지〉 〈미래소년 코난〉 등 그의 여러 작품에 크로아티아의 풍경이 투영된 것으로 알려져 있다. 마을은 아담하다. 오래된 벽돌 건물 사이로 좁고 가파른 골목길이 구불구불 이어진다. 그리고 이 좁은 골목을 옛날 자동차들이 부르릉거리며 돌아다니는데, 마치 애니메이션의 한 장면을 보는 것처럼 유쾌하면서도 신기하다. 마을 아래로는 드넓은 포도밭과 올리브밭이 펼쳐진다. 모토분은 푸아그라, 캐비아와 함께 세계 3대 진미 가운데 하나로 손꼽히는 송로버섯으로 유명하다. 송로버섯은 인공재배가 되지 않고 생산량도 아주 적어 '식탁 위의 다이아몬드' '요정들의 사과'라는 애칭으로 불린다. 뛰어난 맛과 향으로 미식가들의 사랑을 받고 있다.

모토분에서 한 일은 두 시간 동안 마을을 산책한 일과 커다란 느티나무가 있는 어느 야외 식당에서 와인과 송로버섯 요리를 천천히 즐긴 일, 이것이 전부다. 14시간 동안 비행기를 타고 낯선 나라에 가서 한 일이 고작 그것뿐이냐고 비난한다면 할 말이 없다. 공중에 뜬 커다란 정원 같은 중세풍의 도시에서 이 세상의 것이 아닌 것 같은 골목을 산책하고 맛있는 요리와 와인을 맛보는 4시간. 때로 여행은 이 정도로도 충분히 행복하지 않을까 하고 변명 아닌 변명을 해보는 수밖에는. 어쨌든 모토분에서의 4시간은 크로아티아 여행에서 가장 행복한 기억으로 남을 것임에 틀림없었다.

포레치(Porec)라는 곳도 흥미로운 도시다. 모토분에서 미니버스로 약 40분 정도 떨어져 있는데 2,000년 이상의 역사를 가진 마을이다. 3세기에 기독교인들이 거주하기 시작하면서 마을이 형성되기 시작했고 오랜 세월 비잔틴 제국과 베네치아 공화국의 영향력 아래 있었다고 한다. 이런 까닭인지 곳곳에 로마 건축물들과 중세 기독교 성당들의 흔적이 남아 있다. 포레치 시가지를 걷다 보면 길에 깔린 반질반질한 돌에 눈길이 간다. 로마시대에 만들어진 원형 그대로라고 한다. 데쿠마누스(Decumanus) 거리와 유프라지이예바(Eufraziijeva) 거리가 당시의 거리인데 이 길을 따라가다 보면 에우프라시우스 성당과 만난다. 성당은 고전적 요소와 비잔틴적 요소가 독특한 방식으로 잘 결합되어 있다는 평가를 받고 있는데 바닥과 천장, 벽면에는 아름다운 모자이크 그림들이 가득하다. 1997년 유네스코에 의해 그 역사적, 문화적 가치를 인정받아 세계유산으로 지정되었다.

이스트라 반도에는 우리에게 잘 알려진 두브로브니크에 비견될 만큼 아름다운 도시가 있다. 아드리아 해와 접한 로비니(Rovinja)라는 도시인데 언덕 위 우뚝 솟은 유페미아 사원을 중심으로 발달했다. 로비니를 상징하는 이 아름다운 건축물은 이스트라 반도에서는 가장 큰 바로크식 건물로 종탑의 높이가 57m에 달한다.

로비니 역시 모터분, 포레치와 마찬가지로 느긋한 걸음의 산책이 어울리는 도시다. 아드리아해의 찬란한 햇살은 붉은 테라코타 지붕 위로 폭포처럼 흘러넘치고 에메랄드빛 바다는 햇살을 튕겨내며 여행자의 시선을 어지럽힌다. 상상해 보시라. 당신은 지중해식 건물들이 늘어선 이국적인 골목을 걷고 있고 당신의 발등 위로는 사금파리 같은 햇살이 반짝인다.

그리고 수평선 너머에서 불어오는 바람과 코끝을 간질이는 짙은 에스프레소 향. 어떡해야 할까. 노천카페에 앉아 햇살과 정면으로 마주하든, 파스텔 톤의 건물 사이로 난 골목을 따라 정처 없는 산책을 즐기든, 바닷가 레스토랑에서 올리브유를 잔뜩 발라 구운 농어 요리와 와인을 즐기든. 로비니에서의 시간은 무조건 당신 편일 것이며 당신에게 한없이 너그러울 것이다. 그리고 당신이 어떤 방식으로 시간을 낭비한다고 할지라도 그 누구도 당신을 비난하지 않을 것이다. 당신이 짐을 챙겨 서둘러 다음 목적지로 떠나지만 않는다면 말이다. 자그레브에서 만났던 여행자는 어쩌면 지금쯤 로비니의 중세풍 호텔 발코니에 앉아 와인을 마시며 아드리아해의 바닷빛을 만끽하고 있을지도 모르겠다. 빡빡한 여행스케줄 따위는 잊고 이곳에서 살아보는 건 어떨까 하고 짐짓 심각하게 고민하고 있을지도.

먼저 웃을 것

가끔 이렇게 물어보는 사람들이 있다.

여행 사진을 잘 찍으려면 어떻게 해야 할까요.

이런 질문을 받을 때마다 이렇게 답한다.

아이가 웃고 있는 사진을 찍고 싶다면 당신이 아이에게 먼저 웃어주세요.

외로운 분위기의 사진을 찍고 싶으세요?

그렇다면 당신이 먼저 외로워지세요.

증오에 가득 찬 사진을 찍고 싶다구요?

당신 가슴에 증오를 가득 채워보세요.

슬픈 사진을 찍고 싶다면 그 사람과 함께 당신도 슬퍼해야 할걸요.

알아두세요.

웃으라고 하지 말고 먼저 웃을 것.

나도 나의 것들도
함께 늙어가는 거지

필리핀 여행 때였어.
5년간 입었던 팀버랜드 반바지가 다 떨어져서 버렸어.
크로아티아 여행에서는 5년간 함께했던
돔케 카메라 가방이 찢어졌지.
인도 여행에서는 13년간 나와 세계를 누볐던
스와치 손목시계가 고장 나고 말았고.
캄보디아 여행을 떠나올 때는 동남아 여행 때마다 입었던
리바이스 반바지를 입고 왔어.
어느새 밑단이 다 떨어졌더군.
서울로 돌아갈 때 버리고 가야 할 것 같아.

나만 늙어가는 게 아니었어.
나와 함께한 '것'들도 하나둘 사라지고 늙어가더군.
어쩌면 그것들이 나인지도 모르겠어.

견디며, 견디며, 견디며

뜨거운 사막에 하루만 있어봐.
선인장의 그림자가 생겼다가, 희미해졌다가, 마침내 사라지는 시간까지.
그럼 이렇게 말하게 된다구.
어이, 이봐. 꼭 그렇게 호들갑 떨어야겠어?
모두들 조용히 견디며 자신의 시간을 살아가고 있다고.

카오산 로드에 가봐

방콕 카오산 로드에 가봐.
세계 각국에서 몰려든 여행자들로 바글거리는 이곳에
넘쳐나는 것은 오직 자유, 자유, 자유.

여행자들이 하는 일은
노천카페에서 느긋하게 맥주를 마시고
서쪽 하늘을 물들이는 노을을 오랫동안 바라보는 일.
오늘 밤은 뭐 하고 놀까 궁리하는 일.
그게 전부야.

그까짓 게 뭐 대수냐고?
그렇게 말하지 마.
아무것도 아닌 그 일이,
카페에 앉아 시간을 흘려보내고
노을을 감상하는 일, 그 일들이 얼마나 어려운 건지

설마 모르는 건 아니겠지?

일단 조금은
버텨볼 것

이집트의 시장 칸 엘 칼릴리를 돌아다니다 길을 잘못 들어 후미진 뒷골목으로 빠져들고 말았다. 순간 낭패라는 생각이 들었다. 한낱 관광객이 가벼운 마음으로 들어설 수 있는 골목이 아니었다. 골목 곳곳마다 기름 냄새와 사람의 땀 냄새 그리고 낯선 향신료, 양고기 냄새, 담배 냄새가 흘러다니고 있었다. 골목에 들어선 낯선 이국 여행자의 이마 위로 경계의 눈초리들이 쏟아졌다. 모래를 씹는 것 같은 살벌한 감각이 몸에 전해져 왔다.

하지만 나도 지난 몇 년 동안 여행을 해왔다. 경험상 이럴 때는 서로 눈길을 마주 보며 버티는 것이 최선이다. 그렇게 마른침을 삼키며 버티기를 몇 분. 벽에 기대 물담배를 피우던 한 남자가 다가와 어깨를 툭 치며 카메라를 가리켰다. 슬머시 웃고 있는 남자의 눈은 '당황할 것 없어. 누구도 당신을 해치지 않아. 그나저나 당신의 커다란 카메라로 나를 찍어 줄 수 있겠어?' 하고 말하는 듯했다. 남자는 자신의 자리로 돌아가 멋진 포즈로 물담배를 다시 피우기 시작했다.

어쨌든 여행은 실전.

연습은 없다.

난감한 상황에 처했다고 생각될 땐 일단 눈에 힘을 주고 버텨보자.

독도법

여행 중 길을 잃었을 때
길을 찾기 위해 지도를 펴서 가장 먼저 해야 하는 일이 뭘까.
그건 바로 지금 자신의 위치를 확인하는 것.
사는 일 역시 마찬가지다.
뭔가 잘못되어 간다고 느낄 땐,
이게 아니라는 생각이 들기 시작할 땐,
뭘 해야 할지, 어떡해야 할지 모르겠을 땐,
가만히 서서 자신의 주위를 돌아보아야 한다.

무제

인생에서 나만이 중요한 존재가 아니며,
우리는 무덤을 향해 질주하는 날개 돋친 전차를 타고 있다는 생각이
드는 때가 온다. 피범벅이 되어 응급실로 향하는 것이
대수롭지 않아지는 순간이 온다는 것이다.
웃음이 넘쳐나도 세상은 전혀 발랄하지 않으며, 여전히 불길하며,
고통에 처한 아이들이 많다는 것. 아무리 협력수비를 해도
공은 가랑이 사이를 빠져나가 펜스를 향해 힘차게 굴러간다는 것을
굳이 증명할 필요는 없다. 그건 충분히 직감할 수 있는 일이니까.
그러니, 소년이 소녀를 만나는 것보다 아름다운 것은 없다, 따위의
공허한 말은 당장 집어치워 달라는 것이다.
울음이 있기에 인생이 있다는 것. 우리를 치유할 수 있는 최선의 설교는
고작 자조라는 것. 인생의 대부분은 슬픈 언어들만으로도 충분히
서술될 수 있다는 것. 11월은 결코 희망적이지 않은 달.

얼마나 많은
방법이 있는데

왜

무슨 일을 해결하는 데는

한 가지 방법밖에 없다고

생각하는 것일까.

그러니 많이
미안해하지 마라

다시는 널 만나지 않겠다고 했는데 너에게 전화를 하고 있다.
그런데 전화를 받지 않는 너를 향해 다시는 널 만나지 않겠다고
다짐하고 있다.

런던 히드로 공항에 들어설 때마다 다시는 이곳에 발을 들이지 않겠다
고 다짐하곤 한다. 하지만 히드로 공항을 떠나는 순간,
빌어먹을 이 공항이 그리워지기 시작한다.

멋진 여행지에 가면 다음엔 꼭 아내와 아이를 데리고 와야겠다고
생각한다. 하지만 그 여행지에 며칠 머물다 보면, 혼자 오길 잘했어
다음에도 혼자 와야지 하고 몰래 마음먹는다.

사랑은 영원해야 한다고 떠들다가, 사랑 그까짓 거 뭐, 내일이라도
변하는 게 사랑이지, 사랑하는 사람과 살아봐라, 사랑보다는 생활이
우선일 테니 하고 지껄인다.

인생은 뻔뻔한 변심과 피로한 작심 사이를 하루에도
몇 번씩 왔다 갔다 하는 것.

그러니 스스로에게 많이 미안해하지 말자.

질투와 호기심

내 삶을 좀 더 나은 방향으로 이끄는 건
타인의 삶에 대한 약간의 질투
그리고 지평선 너머에 대한 약간의 호기심.

우리 때론 이렇게

너무 선명하지 않게, 조금은 모호하게.
너무 밝지 않게, 조금은 어둡게.
너무 시끄럽지 않게, 조금은 조용하게.
너무 다정하지 않게, 조금은 고독하게.

당신의 뺨에 물든 서쪽의 햇살처럼, 그렇게

우리, 9월의 지는 햇빛 속으로 천천히 걸어가듯.

눈빛

빵이 필요한 자

사랑에 빠진 자

그리고 여행이 필요한 자의 눈빛은 누구나 알아볼 수 있지.

모든 걸 걸어도 생이 아깝지 않다는 그런 눈빛.

간절한,

간절한,

간절한….

굉장한 일

굉장한 일은
굉장한 사람에게만 일어난다.

당신은 당신이 생각하는 것보다
훨씬 굉장한 사람이다.

오래전부터 이렇게 말하고 싶었어

초판 1쇄	2021년 9월 6일
지은이	최갑수
발행인	유철상
책임편집	정예슬
편집	정은영, 박다정, 정유진
디자인	노세희, 조연경, 주인지
마케팅	조종삼, 윤소담
콘텐츠	강한나
펴낸곳	상상출판
출판등록	2009년 9월 22일(제305-2010-02호)
주소	서울특별시 성동구 뚝섬로17가길 48, 성수에이원센터 1205호.(성수동2가)
전화	02-963-9891
팩스	02-963-9892
전자우편	sangsang9892@gmail.com
홈페이지	www.esangsang.co.kr
블로그	blog.naver.com/sangsang_pub
인쇄	다라니
종이	㈜월드페이퍼

ISBN 979-11-6782-029-7 (03810)
ⓒ2021 최갑수